河出文庫

# ビリジアン

柴崎友香



河出書房新社

# 目次

## ビリジアン

# ビリジアン

# 黄色の日

朝は普通の曇りの日で、白い日ではあったけれど、黄色の日になるとは誰も知らなかった。テレビもなにも言っていなかった。

小学校への通学路を、わたしは一人で歩いていた。いつも四、五人で誘い合って行っていたのに、黄色の日になぜ一人だったのか、理由はあったと思うが思い出せない。覚えていなくてもいい、どうでもいいことだったと思う。五年生だったのは確かだけれど、季節もわからない。ただし寒くはなかった。周りにも子どもの姿はなかったから、随分と早く家を出たんだろう。たぶん、七時四十五分だった。

角の倉庫の扉は、朝はいつも開いていた。普通の家の三階分の高さがある大きな扉で、左側が閉まっていて右側は開いていた。いつもそうだった。引き戸になっていて、重そうに扉を押していく作業員を何度か見たことがあった。倉庫の正面の巨大な棚に、アイスクリームを作る機械が積んであるのが見えた。家庭用の機械で、そのときのわたしには抱えられないような大きな段ボール箱で、ピンク色のロゴマークに熊の絵が印刷してあった。扉が開いているのに、人影はなかった。

　倉庫の角を曲がると、すぐ次の四つ角があって、その真ん中に男が座り込んでいた。若い男だった。今になってみれば、ほんとうに若かったと思う。十九歳だったかもしれない。薄緑色の作業服を着ていた。わたしは立ち止まって、手前の家の植木の陰からその人を見た。

「あー」

　唸《うな》っているのか感嘆なのかわからないその人の声が聞こえた。アスファルトに胡座《あぐら》で座り込んだまま、真上を向いて、手はうしろについていた。その人が向いているほうを、わたしも見上げた。一面にぺったりと白い曇り空だった。飛行機も鳥もなにもいなかった。

「おおー」

　また声が聞こえた。わたしは頭を戻してその人を見た。さっきはその人の手に隠れていて見えなかったけれど、缶ビールが道路にあった。その人は缶ビールを取り上げると、ほとんど真上に顔を向けてごくごく飲んだ。そして、

「おおーう」

と、もう一度言った。目は充血して真っ赤だった。

「楽しそうやな」

すぐうしろで愛子が言った。愛子がいたということは、朝七時に待ち合わせして商店街でスケートボードの練習をしていたときのことだったんだろうか。三日か四日しか続かなかったし、結局わたしも愛子もスケートボードに乗れるようにはならなかった。

「楽しそうやな、あれ」

愛子は、わたしの肩越しにビールの人を見ていた。

「うん、めっちゃ楽しそう」

わたしも言った。酔っぱらいは街中にいたけれど、こんなに楽しそうな人は初めて見た。

愛子はわたしの鞄《かばん》に手を突っ込んで水筒を取りだし、勝手に飲んだ。

「気が合うな」

愛子は言って、水筒を戻した。あの赤いTシャツ、わたしは好きだった。でも、スケートボードの練習をしたのは中学一年のときだったから、やっぱりそのときに愛子はいなかったかもしれない。だって、あれは黄色の日だったし、黄色の日は小学校にいたのは間違いないのだから。

「楽しそう」

わたしは、ビールの人を見た。彼は、なぜかびっくりしたような顔で、誰もいない道の真ん中を、中空を見ていた。わたしのそばの、道路に勝手に並べた植木鉢の伸び放題のアロエから小さい蛾《が》が飛び立った。

「ふうー」

ビールの人は、大きく息をついた。そして、わたしに気づいた。

「おはようございます」

わたしは言ってみた。

「うぃっす」

ビールの人は、ビールの缶を高く掲げてほんとうに心から楽しそうに笑った。それが黄色の日の朝のこと。

黒板の右上には「観察ノートまだの人　島本　山田」と書いてあった。山田はわたしの名前だった。書かれてもう十日になるので、黒板に書かれたほかのことを消すときに端が消えてしまい、何度か上からなぞられて一層白くなっていた。家に持って帰ったトマトの観察ノートは、玄関に置いてきた。机の上から玄関まで持ってくるのに、一週間。下駄箱の上に置いて三日目。なかなか学校まで辿り着かない。学校に着くまでには、必ず思い出すけど、家を出るときには思い出さない。島本はときどきしか学校に来ない。

三時間目には、黄色くなり始めていた。最初、豪雨の前ぶれのときのように、昼間なのに夕方みたいだという感触を持ったけれど、すぐに違うと気づいた。だって、黄色すぎるから。きっとみんな、そう思ったと思う。

うしろの席から中川が、広げていた地図帳でわたしの背中をつついた。

「山田、マダガスカルってどこか知ってる?」

開いた地図帳は、中のページがわたしには見えないように立てられていて、中川の顔の下半分もそこに隠れていた。

「知ってる」

「ハバロフスクは知ってる?」

「知ってる」

「ボリビアは?」

「知ってる」

児童たちは、日本地図に特産物を絵で描き入れていて、担任は机の間をゆっくり歩いて見て回っていた。中川は、地図帳をぱたっと倒した。顔が全部見えた。

「なんでも知ってんな、おまえ」

「なんでもは知ってない」

「細かいこと言うたって意味ないぞ」

中川はノートの端を破って細かくちぎり、わたしに向かって投げた。白い紙吹雪が、何秒かだけほんの小さな範囲に舞った。中川の机の上には、ぼこぼこに凹《へこ》んだ缶のペンケースが開かれていて、シャープペンシルは一本しか入っていないのに、ペンケースの半分を占めるほど大きい消しゴムが入っていた。真っ白でくっきりと四角い消しゴムだった。

「消しゴム、半分ちょうだい」

わたしが言うと、中川は机から薄いプラスチックの定規を出し、消しゴムを切り始めた。その手も消しゴムも地図帳もノートも机も、全部ぼんやりと黄色っぽい光に覆われていた。

「なんか黄色くない？」

「だいぶ黄色い」

中川は、窓を見上げた。わたしも空を見た。薄暗くどこまでも雲に覆われた空は、黄色かった。

窓の外は裏庭になっていた。裏庭といっても、ブロック塀と校舎の隙間のような空間で、木も生えていなかった。校舎に沿って、二階の三年生が育てているヘチマの四角いプラスチックの植木鉢が並んでいて、鉢の黄緑色が生きている植物よりも鮮やかだった。

窓を開けて、背中を反らせて上半身を外に出し、空を見た。雲は、普段の曇りと同じように薄く白っぽいところと厚く灰色のところがあったが、黄色は均一に黄色だった。ぼんやりと、空気の全体が黄色かった。黄色いプラスチック板を通して世界が黄色く見えるときのようだった。貧血になるときも黄色くなるけれどそれよりずっとクリアな黄色だったし、貧血のときはわたしにしか見えないのに今日の黄色はみんなに同時に見えていた。

わたしのちょうど真上から頭が出てきた。二階の三年生だった。つばを吐かれそうだったので、わたしは慌てて頭を引っ込めた。危ないところだった。ブロック塀のすぐ外にある長屋から、掃除機の音が聞こえてきた。

給食が終わって、休み時間が終わった。掃除の時間になって、わたしは自分の担当の掃《は》き掃除が終わったから廊下にいた。廊下の外は校庭だった。体力テストの五十メートル走の白線が斜めにしかひけない、ほんとうに「庭」みたいな校庭だった。だけど建物がひしめき合って建っているこの街では、それまで遊んだどの友だちの家にも今のクラスの全員の家にも大きくて立派な家だとしても庭がなかったから、わたしは庭をよく知らなかった。

　校庭の反対側の校舎のほうから、行列がこっちに向かって歩いてきた。小さい子どもをぞろぞろ連れた先頭にいるのは、その前の年にわたしの担任だった西山先生だった。わたしは西山先生は好きだった。先生はだんだん大きくなって、わたしに気づいた。

「山田ぁ。元気か？」

「うん。先生、元気？」

「ばっちり」

　西山先生は相変わらず男でも女でも差し支えない髪型をしていて、ジャージにエメラルドグリーンのウインドブレーカーを羽織っていた。だんなさんも先生やねんでと、このあいだえっちゃんに聞いた。西山先生は、校庭を横切りながら大きな声で言った。

「今日はえらい黄色いなあ」

「めっちゃ黄色い」

　わたしはうれしいので、犬がしっぽを振るみたいな感じで窓から身を乗り出して大声で答えた。

「どないしたんやろなあ」

　西山先生は太い首を動かして空を見回した。わたしは、黄色い学校を見ていた。

「先生も知らんの？」

「知らん知らん」

先生はとてもおもしろそうに笑った。また別の方向から別の先生が一人で歩いてきて、西山先生に声をかけた。

「今日はえらい黄色いですなあ」

「ほんまですねえ」

二人とも立ち止まらないまま同じようにまた上を向いた。西山先生のうしろの子どもたちはまだ子どもでよくわかっていないのか、ふつうの日と変わらずに隣の子としゃべったり前の子を蹴《け》ったりしていた。男の先生が、離れていく西山先生の背中へ向かって言った。

「どないしたんでしょうねえ」

「天変地異ちゃいますか？　こわ」

そういうことを言うから、わたしは西山先生が好きだった。西山先生は彼女の新しい子どもたちを連れて、講堂へ入っていった。

チャイムが鳴って教室に戻ると、わたしの机の上にはようやく切り分けられた消しゴムが置いてあった。切り口は、定規で切ったとは思えないくらい滑《なめ》らかで鋭かった。ほんとうは、マダガスカルはわたしの行きたい場所だった。六歳のときからいちばん行きたい場所だった。テレビで見た。

それからも空はどんどん暗く黄色くなり、誰もが黄色い黄色いと言い合った。しかし、六時間目が終わるころにふと薄明るいきざしに気づいた途端、みるみるうちに明るく白くなって黄色は急速に消えて、いつもの夕方になった。次の日はよく晴れた、普通の日だった。昨日の黄色は、という話をしたかどうかもわからない。

あれから、またいつかあんな黄色い日があると思って待っていたけれど、一度もない。

## ピーターとジャニス

京都の大学を受験した帰り道だから二月だった。阪急電車の急行だった。桂《かつら》の駅でドアが開いた。朝、大阪から京都へ向かっていたときは、桂でドアが開いた瞬間にびっくりするほど冷たい空気が車内に流れ込んできて、大阪と京都は違うのだということがいっぺんにわかった。天王山《てんのうざん》を越えると、国が変わる。だけど、今はもう京都の空気のほうに慣れてしまっていて、ドアが開いても寒いと思うだけで驚いたりはしなかった。

そろそろ夕方で、でもまだ明るい時間だった。何人かが冷たい風といっしょに乗り込んできて、いくつか空いていた座席は埋まった。わたしの隣も埋まった。座ったのは、白人の若い男の人だった。ドアが閉まって電車が動き出すと、傾いた光の差し込む車内は足下の暖房のせいもあって暖かすぎた。明日も別の大学を受けるためにこの電車に乗る。どこも受かるとは思っていなかった。そういう雰囲気の高校だった。二か月後に自分が何をしているのかわからないのっておもしろい、と思った。

何度か京都に通っているうちにだんだんと覚えてきた家やマンションや田んぼやパチンコ屋が同じ速度で行き過ぎるのを眺めていた。知らない人たちが通う学校の広々とした校庭では、野球部が整列していた。天王山が間近に迫り、くすんだ深い緑の木々の塊は、冬の終わりの日光によって明るいところと暗いところがくっきりと分けられていた。

「すみません」

隣の外国人が言った。少し発音しにくそうではあったけれど、それなりに言い慣れた感じのするすみませんだった。わたしは、彼を見た。

「わたしは、ピーター・ジャクソンと言います。カナダから来て、キリスト教会の仕事をしています」

「はい」

彼の曲がりくねった金髪は光に透《す》け、目は緑色だった。緑色の目はこっちを見ていても見られているような気がしなかった。言われる前から、教会の人だろうとわたしは思っていた。前にこういう顔の人が、家にときどき来た。彼らは必ず二人だった。目の前にいる人には、相棒はなさそうだった。カーキ色のコートにオレンジ色のナイロンのリュックを膝の上で抱えていた。

「こんにちは」

「こんにちは」

わたしは同じように返した。山田、とは名のらなかった。彼は穏やかな微笑みを崩さずに言った。

「わたしは、二十三歳です。おいくつですか？」

「十八です」

エイティーン。彼は顔中の筋肉を動かして、目を丸くする、という表情にぴったりの顔になり、一段高い声で言った。

「ほんとに？　ハタチかと思った」

お世辞、と思った。いつも年下には間違えられるけれど、年上に見られたことは二回ぐらいしかなかった。

吊《つ》り革《かわ》と吊り広告が同じリズムで揺れ、窓の外の家のベランダで洗濯物を取り込む人が見えた。

「学校、行ってきましたか?」

彼の向こう側に座るよく太ったおばさんがときどきこっちを窺《うかが》うように見た。わたしが逆の立場だったら、きっと見るだろう。

「ええっと、受験で……。大学に入るテストを受けに」

フォー、テスト、オブ、ユニバーシティ。間違っている。さっきまで受けていた英語の試験も、できた気はしなかったけど。

「おお。それは大切な日ですね。あなたの希望が叶えられるといいですね」

ピーターは大きく肯《うなず》き、心からわたしの幸運を祈ってくれた。この人はきっとほんとうにそう願っただろう、と思った。神に仕える人なのだから。

「うーん」

わたしは申し訳ないような気がしたから、目を逸《そ》らした。向かいのシートには、真ん中に四歳ぐらいの男の子を連れた祖母らしい人が座っていて、わたしたちのうしろの窓の外を指差してなにか言っていた。その両側の二人ずつ、計四人は全員眠っていた。足下から出る熱風のせいで寝てしまうに違いない。わたしも眠い。

「また来年、がんばります」

「あなたの努力は報われると思います」

彼は真摯《しんし》に言った。次の駅に着き、扉が開いた。閉まる寸前に、向かいのシートの端に座っていた紺色の作業服を着た中年の男が誰かに驚かされたように目を覚まし、振り返ってちょうど真後ろにあったホームの柱につけられた駅名のプレートを確かめると、慌てて立ち上がって電車を降りた。その人が降りるのとドアが閉まるのが同時で、ドアは一度その人を挟んだあとごとんと音を立てて開き、今度はぴったりと閉じた。ホームに降りた瞬間からその人はゆったりと歩き出し、わたしたちから遠くへと離れていった。

「なんの勉強をするのですか?」

ピーターの目は緑色だ。薄い色で、目の中が透けて見えるようだった。なんでこんな目で見えるのか、不思議だった。

「哲学か、美術史」

ピーターは首を傾《かし》げた。目は薄い緑色だった。細胞の境目が見えそうだった。

「フィロソフィー? と、ヒストリー・オブ・アート」

どの程度通じたのかはわからなかったけれど、あーはー、とピーターは頷《うなず》いた。

「難しいですね」

とピーターが言ったので、そうですね、今度はわたしが頷いた。自分のピーコートのボタンを撫《な》でながら、ピーターに質問した。

「日本には、どれくらいいるんですか?」

「六か月?」

ピーターは頭上で揺れている吊り広告のほうに目をやってから、自分で確かめるように答えた。吊り広告には、四年以内に大地震と大津波で日本崩壊、死者三百万人、と地割れをイメージしてか、ひびの入った字体で書いてあった。コートのボタンが取れた。

「日本は、どうですか?」

ハウ　アバウト　ジャパン?　ハウ　ドゥー　ユー　シンク　アバウト　マイ　カントリー?

ピーターはにっこり笑った。

「いいところですね」

金色の睫毛《まつげ》は硬そうだった。

「きれいだし、とても便利です。みんな、とても親切です」

ピーターは思い出したように、リュックサックを開けて名刺を取り出した。白い四角い紙には、なんとか教会なんとか派、と書いてあったが、何がどう違うのかわたしにはわからなかった。ピーターは「ピーター・ジャクソン」とカタカナで印刷された名刺を裏返した。右手にはいつの間にかボールペンを握っていた。

「日本の名前を考えてもらいました」

ピーターはそう言いながら、電車の揺れで震える線を綴《つづ》っていき、なにもない場所にできていく道を辿るようにわたしはその線を目で追った。

名刺の裏には「美ー多ー　弱損」と書き込まれた。「美」の右上には小さな丸があった。たどたどしいけれど正確に書かれたその文字をじっと見つめて、わたしは言った。

「誰に教えてもらったんですか？」

「ともだち」

とピーターは言ったが、わたしの反応が芳《かんば》しくないのに気づいたのか、眉を八の字に曲げた。外国の人は顔が器用だ。

「間違えてますか？」

「間違えては、ないです」

わたしは答えた。なにか他にいい漢字を教えたほうがいいと思って、いろんな漢字を頭に思い浮かべていた。それとも、修行僧なのだから、野球選手で「42」や「49」を背番号にする人がいるようにマイナスの意味の漢字をわざと選んだのかもしれないとも思った。

「将来は、何になるのですか？　センセイ？」

ピーターが聞いたので答えた。

「善《よ》く生きたいです」

ひと月前に受けたセンター試験の倫理の問題文にそう書いてあった。冒頭にあったその部分を読んで動揺してしまった。点数が足りなかったらあのせいだ。ピーターから目立った反応が返ってこないので、わたしは言った。

「小説家。オーサー」

発音が悪いのか、ピーターはまた曖昧《あいまい》な微笑みを返した。

「ノベリスト」

わたしが言うと、ピーターは、おお、素晴らしいですね、と言った。


大阪駅からバスに乗り換えた。一人掛けか窓際の席に座りたかったのに空いていなくて、二人掛けの席に座った。窓側にはジャニスが座っていた。バスが動きだすと、ジャニスが、窓の外を見たまま聞いた。

「まっすぐ帰るの？」

「さあ」

わたしは一旦《いったん》答えて、もう暮れた群青《ぐんじょう》色の中に白い光をいくつも輝かせている高層ビルを見上げて、言った。

「たぶんね」

「あ、そう」

ジャニスは相変わらず窓の外を見たままだった。ムートンのコートにレインボウカラーのマフラーをしていた。茶色い髪は伸び放題だった。ジャニスが見ているらしい、隣の車線をゆく車を目で追いながら、わたしは言った。

「去年、ジャニスの映画見たで。ライブの場面で、下の階の女には恋人がいて、わたしにはいなくて、下の階の女を観察したら早起きしてた、だからわたしも早起きすることにした、って話してたやろ」

ジャニスはなにも言わなかった。パイプ椅子が並ぶ会場で上映されていたジャニスのドキュメンタリーフィルムを、わたしは夏休みの最初の日に見た。

「あれ、わたしめっちゃ好きなんやん。ほしいものが手に入らないとき、どうすればいいかわかる？　努力するのよ、っていうやつ」

字幕で「努力」の上に「Ｔｒｙ」と書いてあって、ジャニスが「Ｔｒｙ」を歌い出す。その瞬間が、わたしはほんとうに好きだった。ジャニスは窓に肘《ひじ》をついたままだったけど、やっとわたしを見た。

「あんた、努力してんの？」

「わからない」

「あんたが努力してるかどうかわかるのは、あんただけやで」

「うん」

三つ目の停留所で、ジャニスはバスを降りて、堂島川沿いの遊歩道を西に歩いていった。窓際の席に移った。歩道にいた犬と目が合った。

家に帰ってから「美ー多ー　雀村」と思いついた。桂枝雀《かつらしじゃく》の弟子みたいな感じもするし、俳人っぽい並びでもあると思って満足したが、名刺に書いてあった教会には連絡しなかった。

何年かして、ニュージーランドの女子高生が母親を殺す映画を見た。監督はピーター・ジャクソンという名前だった。その監督は、さらに何年かのちに小人が指輪を捨てに行くとても長い映画やキングコングの映画を作ったが、阪急電車で会ったピーターには全然似ていない。

## 火花　1

当分のあいだ、爆竹《ばくちく》ばっかりやっていた。とにかく、爆竹が好きだった。音も火花も火薬のにおいも、好きでしょうがなかった。十二から十四歳まで、夏は爆竹に明け暮れていた。まじめで気が弱いから夜遊びはしなかったので、学校が終わったあとから日が暮れるまでの、明るい公園にいた。

駄菓子屋かおもちゃ屋で、一箱百円か二百円だったと思う。長いほうが十センチくらいの長方形の箱で、爆竹の束が二、三枚入っていた。ダイナマイトをそのままミニチュアにしたみたいな形の爆竹を、二十本ずつ向かい合わせに繋《つな》げた状態のものが、二、三枚。

最初は、その一枚の端についている太い導火線に火をつけるという、普通の使い方をしていた。地面に爆竹を置き、ねじれた糸にライターで火をつけ、離れる。十秒ぐらい待つと、火薬が弾け飛ぶ強い音が不規則に連続して炸裂し、爆竹の塊は地面から浮き上がって火花を散らす。うっすらと煙が立ちのぼり、破裂音は周りの建物に跳ね返って、その残響が耳の中に幻みたいにしばらくある。楽しかった。白く硬い砂の上に、燃えた黒い灰が残った。

そのうちに、普通の使い方には飽きてきて、箱ごと火をつけた。安いボール紙の箱が燃えてオレンジ色の炎に包まれたあと、三百パーセント増しの破裂音が響き渡る。密度が濃くなり、互いに響きあって大きく成長した音が、公園を囲む団地の壁にぶつかって消える。弾けた音は、ほんの数秒で全部消えてなくなる。それも好きだった。

三枚を順番に繋げたり、三箱ぐらいいっぺんに燃やしてみたりもした。やりすぎると飽きた。

最終的には、繋がれた爆竹の束を分解し、小さなダイナマイトをたくさん作って、ひとつひとつに火をつけた。左手にせいぜい二センチくらいの大きさのミニミニダイナマイトを持ち、右手のライターで火をつける。導火線が短いから、ほんの一秒ぐらいで弾け飛ぶ。そのあいだに、すばやく投げる。投げないでただ手を離すと、足下に落ちるまでに爆発した。小さいけれど、爆発は立派だった。近くにいた友だちが、きゃあ、と言って耳を塞《ふさ》いだ。そしてみんなで大笑いした。ときどきは手や足に火花が当たって痛かったが、そのときだけだった。たいしたことはなかった。

ミニミニダイナマイトもずっとやってると飽きて、やっぱりオーソドックスでシンプルなのがいちばんだと思って、四十本が連なった一束にまた火をつけた。音と火薬のにおいが充満すると、心が安らいだ。

友だちたちは、ねずみ花火とか吊して火をつけると終わったあとに鳥かごが出てくる仕掛け花火とかパラシュートが舞い降りてくるのとかをやっていた。ねずみ花火も、ぱん、と破裂するけれど、あんまり好きじゃなかった。ロケット花火は禁止されていたし、ヤンキーがやるものだからわたしたちはやらなかった。そのうちに、近所の人から学校に告げ口され、校区内の公園では花火ができなくなった。

公園は狭く、見通しがよかった。団地と鉄工所と詰め込まれた建て売り住宅に囲まれていた。反り橋みたいな形の雲梯《うんてい》に座って、みなりんが言った。

「昨日テレビで見ててんけど、わたしも火炎瓶《かえんびん》投げたりしたかったなー」

　自転車の荷台に後ろ向きで座っていたわたしも、前の日の夜に同じ映像を見た。昔のヒット曲を紹介するのに「あのころ」として背景に使われていただけで、なんで彼らがそんなことをしているかなんて、一言も説明はなかった。

「火炎瓶て、なにでできてんのかな」

　真っ白く曇っていて日差しはなかったけれど、九月でもまだ倒れそうに蒸し暑くて汗でTシャツが背中に張りついていた。地面に座り込んでいたぶっちが言った。ショッキングピンクのビーチサンダルの足に、砂がついていた。

「石油やろ。手についたら当分臭い取れへんで」

「だって、やっぱりわたしらも戦わなあかんと思うねんやん。このままやったら自由になられへん」

　みなりんはスニーカーの足を雲梯の間から垂らしてぶらぶらさせながら続けて言った。

「ゴルバチョフって、ええんかな」

「どうなんやろな。独裁政権終わるとか言うてるけどな。戦争せえへんかったらええわ。わたし、核戦争怖いから」

「わたしらには、ほんまのこととかなんも知らされへんねんで。そういう、知らされてないってことを、もっと知らせていかなあかんと思う」

みなりんは真剣な目で、近くのブランコを馬鹿みたいに高く漕いでいる小学生たちを見ていた。ぶっちは聞いているのか聞いていないのか、下を向いたまま硬い砂地に小石で家の間取り図を描いていた。

「未来っていうのは今の時点ではまだないってことやから」

わたしが言いかけたら、おいー、と声が聞こえた。愛子が柵を乗り越えて戻ってきた。

「三時二十分やった。アイス買いに行く？」

愛子はデニムのミニスカートのポケットに手を突っ込んだ。それぐらいの歳までは、まだ鞄を持ってなくてもよかった。小銭しか持ってなかった。

「今ええわ」

「花火やりたいなあ」

パラシュート好きのぶっちが、空を見上げて言った。一瞬見失った小さな紙のパラシュートが急に現れたみたいに空で見つかるときは、わたしも好きだった。愛子はラメの入ったサンダルで砂を蹴りながら、言った。

「わたしさあ、いけそうな公園発見してん。行ってみいへん？」

「どこ？」

「三中の先の堤防のとこ」

「遠いやん」

みなりんは面倒くさそうだった。みなりんは暑いのが嫌いだった。わたしも嫌いだった。愛子がわたしの顔を見た。

「解《かい》は？」

山田解、というのがわたしの名前。

「ええよ。暇やし」

「うーん」

とぶっちがどっちとも取れるような、一応の同意を示したので、わたしたちは歩き出した。ぶっちは自分の自転車を押して歩いた。錆《さび》と真っ黒な油の染みついた鉄工所の前を通ったら、シベリアンハスキーの混ざった雑種の大きすぎる犬に吠えられて、四人で同時に驚いた。

高速道路の高架の下をくぐり、ぽつぽつと店がある通りを南へ歩いた。学校に来ない子たちがいつもいるゲームセンターの前には、やっぱり愛子のクラスの男の子が二人地面に座り込んでいて目が合ったけれど、元々話したこともないしなにも言わなかった。その向こうの角のたこ焼き屋で百円の洋食焼きを二つ買って四人で分けて食べ、日陰を探しながら歩いた。

「山下さんと牛島、別れたらしいで」

「そうなん？　最長カップルやったのに」

「塾の帰りに遊んでたんがばれたんやろ」

愛子は、とっくに知ってるという顔をしていた。みなりんはうしろで一つに適当にゴムで留めた髪を揺らして、愛子を振り返った。

「牛島って、誰かに似てない？」

「誰かって誰」

「なんやろなー、この感じ。テレビ出てるっぽいけどー、あんまりかっこいい人とかじゃなくてー、おっさんかも」

「全然わからんやん」

途中の駄菓子屋で、花火を買い込んだ。


スクラップ工場の前を抜け、コンクリートの堤防の上に登ると短い桟橋《さんばし》があり、小さな船がひしめくように泊まっているのが見えた。魚なんか獲《と》るわけがないので、なにを運ぶのかわたしたちにはよくわからなかった。どっちにしても、食べられないものだった。土曜日だからか、人は見当たらなかった。船がたくさんいるところはたいてい、使われていない船が隅のほうに固まって繋がれていた。使っている船も捨てられた船もたいして変わりがなさそうで、置いてあるうちに時間が経って捨てられたということになるんだと思った。船だまり、という言葉はだいぶんあとになってから知った。風がないから、波もなかった。運河からコの字型に奥に引っ込んだ水たまりみたいな場所だから、風があっても波は起こりそうになかった。重油のにおいがした。向こう側の堤防のところにはプレハブの事務所が並んでいた。

「ええやん、ここで」

ぶっちは堤防の手前に自転車を停め、白いポリ袋の中の花火を覗いた。

愛子は公園だと言ったけれど、道路と堤防の間の中途半端に空いた場所だった。幅二メートルくらいの細長い土地が堤防が曲がる角まで続いていた。草も生えていなかった。こんなところでどんな人が座るのか、コンクリートのベンチが二つあった。わたしたちは、その一つの上に買ってきた花火を広げた。

「これ、いこか」

みなりんが筒形の花火を地面に置き、導火線に火をつけた。うしろに下がり、金色の火花を散らす導火線を見つめているうちに、筒の天辺《てっぺん》から緑色の火花が噴き出した。しゅうしゅうと音をあげ、火花はどんどん高くなり、わたしたちの背を追い越した。

火花は赤に変わり、次の瞬間には、力無くしぼんで消えた。ねずみ花火を三個ぐらいやってから、爆竹の箱を開けた。火薬のにおいが染み込んだボール紙を鼻に近づけると、懐かしかった。左手で爆竹を持ち、右手のライターで火をつけた。導火線がちりちりと燃えるのを二秒ほど見てから、堤防のほうへと投げた。一瞬の沈黙ののち、堤防の手前に落ちた赤い爆竹は炸裂し、ぱんぱんと連続して音が弾けた。向かいの倉庫やスクラップ工場の壁に跳ね返って白い空へと音が広がっていく感触は、体の内側から血が溢《あふ》れ出すみたいに気持ちがよかった。

「なにしとんじゃ、どこや思とんねん」

野太い怒鳴り声が響いた。スクラップ工場の二階の窓が開き、裸のおっさんが腕を振り上げていた。

「どこや思とんねんて言うとんねん、ええ、おまえらじゃ」

わたしたちは慌てて残りの花火をポリ袋に戻し、頭を下げた。おっさんはガラスが割れそうなくらいの勢いで窓を閉めた。降りてきたらどうしようかと思ったが、そのあとは静かだった。

堤防の上に立って、水面を見下ろした。濁った深緑色の中に、小さな黒い影がいくつか動いているのが見えた。円を描くように、群れは同じところを回っていた。

「魚、おるんや」

「フナらしいで。にいちゃんが言うてた」

堤防に座り込んでいた愛子が小石を投げると、黒い影はゆっくり離れていった。こんなところでも生きていける魚がいることで、生命力に感動するというよりは、かなしい気持ちになった。水面では浮いた油が七色に光り、底から湧き上がってくる得体の知れない気泡がぷちぷちぷちと弾けていた。

「どこ行く?」

「どこ行こか?」

堤防から降り、わたしたちは大型のトラックが行き交う道をまた南へ歩き始めた。

# 火花 2

製鉄所の高炉《こうろ》が見えるあたりまで歩くと、人通りはかなり減った。

「おっさんしかおらんやん」

愛子が言った。サンダルの足に靴擦《くつず》れができたせいで、変なリズムで歩いていた。

「おっさんと、野良犬」

わたしの言葉に、みなりんとぶっちが頷いた。目の前の短い横断歩道を、妙に毛がふさふさした茶色い雑種の犬が渡っていた。舌を出して、息が荒かった。その向こうの道を、作業服の男が二人歩いていた。二人とも潰《つぶ》れたような形の帽子を頭に載せていた。

「灰色やし」

空気が、灰色。わたしたちの周りは全体的に不透明で、濁っていた。道路を通るのは、大型トラックとタンクローリーと鉄屑《てつくず》を満載したダンプカーのどれかだった。巨大なタイヤは、わたしたちを轢《ひ》いても気づきそうになかった。

「あつー」

ぶっちがつぶやいた。だけど、わかりきったことだったから、誰も返事をしなかった。大通りで信号待ちし、バスを見送った。そのバスにも二人のおっさんしか乗っていなかった。この先の橋を越えると、工場だけでできた要塞《ようさい》のような島になる。その先は海だけど、あの水は泳げないし、触れないし、見えないし、とてもとても遠い海だった。堤防の向こう側は、一度滅びたあとの世界と似てると思っていた。

わたしたちは、橋を渡らないで道路を横切った。横断歩道の途中、中央分離帯のあたりで振り返ると、高炉の塔が見えた。白い空に、鉄で構築された黒い図形が焼きついていた。外側に何十本も鉄パイプが張り巡らされた、ＳＦ映画の近未来都市みたいな工場の建物が並び、粉塵《ふんじん》が満遍なく行き渡った空気に覆われていた。

「かっこええなあ」

わたしは言った。

「あー」

みなりんが、どういう反応かよくわからない声をあげた。

「かっこええけど」

愛子が言った。

「ええけどな」

ぶっちが繰り返した。ディスプレイ部分が割れてなんにも入っていない壊れた自動販売機が放置されている低いトタン屋根の小屋を曲がり、突き当たりまで歩いた。空気は湿気でまとわりついてくるのに、アスファルトはからからに乾いて熱かった。左へ曲がるとガソリンスタンドがあり、その向こうに公園があった。

「あれ」

と愛子が指差した。

「そやなー」

わたしは同意して、爆竹が入った袋をぐるぐる回した。

すぐそばには、橋があった。この街と外をつなぐ橋のうち南側の四つは、原料を運ぶ大型船が下を通れるように高いところに渡さなければならなかった。特に造船所が近いこの橋は、三十メートル以上の高さがあった。狭い土地でそこまで上っていくための両端はループになっていた。上から見たら眼鏡みたいだから「眼鏡橋」と呼ばれていた。橋は巨大で、街そのものを押し潰すほど巨大で、だからその下は薄暗かった。ガソリンスタンドと廃車置き場と鉄屑工場に囲まれた小さな公園には、どう考えたって子どもは来そうになかったし、伸び放題の雑草さえ枯れていたが、中華鍋を斜めに置いたような形の滑り台とブランコはあった。そのあいだに自転車を置き、滑り台のいちばん上まで上った。セメントでできたクリーム色の滑り台だけは、ひんやりとして触ると気持ちよかった。

上部の手すりの下に並んで腰掛け、最初にねずみ花火に火をつけて投げた。火花はすり鉢の滑り台を大きくカーブを描いて転がっていき、下の縁《へり》のところで止まったと思うと、弾けた。だけど行き交う大型車の轟音《ごうおん》で、花火の小さな爆発はかき消されて全然聞こえなかった。みなりんが、すぐにもう一つねずみ花火に火をつけて投げた。さっきより勢いがあったので、下の縁を転がったあと少し上まで上った。音はやっぱり聞こえなかった。

「喉渇いた」

ぶっちが言った。

「わたしも」

と愛子が言ったし、みなりんもわたしもそう思っていたけれど、向かいに見えている鉄工所の入口にある自動販売機まで行こうとは、誰もしなかった。

わたしは、袋から爆竹の箱を出した。蓋《ふた》を開け、ひと束を取って火をつけて放った。赤い爆竹はクリーム色の斜面を滑らかに滑り落ち、静かに止まった。それから、火花を飛び散らせた。今度は音も聞こえた。ガソリンスタンドの若い男の店員が振り返って、わたしたちを見上げた。でもまたすぐ、仕事に戻った。爆竹は、あと二箱残っていた。わたしはその箱とライターを持って、滑り台を滑り降りた。ざらざらした。くぼんだ真ん中に箱を置き、ライターの炎を最大にして近づけた。ボール紙の縁が黒く焦げ、それから黄色い炎が移って揺らめいた。わたしはまだ、滑り台の上に立っていた。ぱちぱち、と火花が散るのが見えた。次の瞬間、燃え残っていた箱が飛び散り、火花が炸裂した。踊っているみたいだった。火の破片が、脛《すね》に当たった。それから、顔にも飛んできた。目の下の頰で弾けた。小さく鋭い、痛みと熱さがいっしょになった感覚が刺さった。

「あっつ」

顔を押さえて滑り台から飛び降りた。爆竹の破裂はまだ続いていた。笑って上を見ると、愛子もみなりんもぶっちも大笑いしていた。わたしたちは楽しかった。爆発が一瞬途切れたあとで、小型の爆発が二回続いた。そして、滑り台の上には黒く燃え尽きた紙と灰が残った。振り返ると、通りがかった大型トラックの運転席からおっさんが見下ろしていた。ガソリンスタンドの店員は暇そうで、欠伸《あくび》をしながら空を見ていた。

螺旋《らせん》状の橋の入口の脇に、フェンスに挟まれた通路があって、緩《ゆる》やかに昇って堤防の上に出る。そこからジグザグに通路を降りると、渡し船の乗り場があった。船は対岸にいたから、コンクリートの筏《いかだ》みたいな桟橋だけが、川面に浮かんでいた。十五分に一回、平べったい船は向こう岸からやってきて、また向こう岸に戻る。川はいくつもあったけれど、川原はなかった。コンクリートが唐突に途切れて、川だった。

「なんかさー、冒険とか行ったら、得られるもんがあるんちゃうの？」

みなりんが言った。このあいだみんなで見たアメリカの映画みたいに鉄橋を渡って森に死体を探しに行くようなことが、あったらいいのにと思っていたのかどうかはわからない。でも、なにかは期待していたと思う。全員。そうじゃないと歩いたりしないから。

「べつに冒険ちゃうやん」

ぶっちが言った。

「どこまで行ったら冒険になるわけ？」

愛子が言ったので、わたしは答えた。

「とりあえず、ここからは出なあかんのんちゃう？」

ここから。どこに行っても行き止まりの場所から。

巨大な橋梁《きょうりょう》の青く塗られた鉄骨を見上げた。自転車も人間も渡れることになっていたけれど、上ろうとする人間の気持ちを完全に削《そ》いでしまう高さだった。だからここで船を待っている。

何百メートル離れているのかわからないけど、対岸にいる船が動き出した。対岸も似たようなものだった。赤白の縞々の煙突が見えた。廃車でできた山と窓が割れたままの工場があった。わたしたちのすぐそばのプレハブ小屋からおっちゃんが出てきた。通路には自転車を押したおばちゃんたちが並んでいた。船は白いしぶきとエンジンの音をあげながら、だんだん大きくなってきた。

桟橋から見えるものは全部、人間が作ったものだけで、そして人間のサイズを無視してできあがってしまい、手に負えなくなったものばかりだった。少なくともわたしには、それがどうにかなって、わたしたちに親しいものになることなんて、想像もつかなかった。こんな場所を作ってしまってどうするんだろうと思った。平べったい渡し船は旋回し、その波で揺れている桟橋に接岸した。生温くて湿った風が、足下《あしもと》から這《は》い上がってきた。

　船には乗らなかった。


帰り道は、誰もしゃべらなかった。二台の自転車を押して、黙って歩いた。疲れていた。年取った気がした。暑かった。

高速道路の下をくぐって公園の近くまで来て、塾帰りの同級生たちに会った。

「なにしてんの」

東《あずま》さんが聞いた。

「歩いてた」

愛子が答えた。

「ホルモン食べる?」

東さんが聞いた。その向こうの角に、荷台にオレンジの幌《ほろ》がついた白い軽トラックが停まっていた。幌の側面が開き、鉄板からは煙が上がっていた。いいにおいがする、とやっと気がついた。

「食べる!」

と愛子が即答した。妹と遭遇《そうぐう》したぶっちは家に帰った。

軽トラックの周りにいるのは子どもばっかりだった。

「わたし最近キモ派やねん」

焼いたキモが三つ連なった串をおばちゃんから受け取って、みなりんがうれしそうに言った。

「絶対無理。人間の食べもんとちゃうわ」

レバーが嫌いな愛子は心の底からいやそうな顔をして、鉄板に並んでいたホルモンの串を一つ取って、五十円玉をおばちゃんに渡した。愛子はホルモンしか食べなかった。わたしはたぶんホルモンを食べた。十三歳なら、おそらくそっちだった。

「顔、どしたん？」

東さんがわたしの顔を不思議そうに見た。

「ああ」

と言いながら自分の頰を撫でると、剝き出しになった皮膚の下が乾いていくような痛みが、少しだけ戻ってきた。

「爆竹のやりすぎ」

とみなりんが横で笑った。

「飽きひんなあ」

東さんも笑った。誰かが投げ捨てた串に、つながれていない犬が鼻を近づけていたけど舐《な》めずにどこかに行ってしまった。その犬は毎日決まった時間に決まった道を通っていた。鉄板からはもうもうと蒸気が上がり、茶色いタレが煮詰まり続けた。

「ファミコンやる？」

みなりんは自転車にまたがって、足をぶらぶらさせていた。

「ナッツ・アンド・ミルク！」

愛子が叫んだ。みなりんが呆《あき》れたように愛子を見た。

「なんで今ごろ」

「ええやん。かわいいやん、あれ」

「わたしもあれやったらやる」

わたしが言うと、みなりんも、あっそう、と言って自転車のスタンドを外した。通りの向こうを見ていた東さんは聞かれていないのに、難波《なんば》行くから、と言った。


遅い夕暮れが終わり、ようやく夜がやってきた。どうにか涼しさの混じり始めた風が、網戸の向こうから吹いてきた。立ち上がって外を見ると、九階の高さから眺める大阪の街はだいたいいつもと同じような感じだった。通天閣《つうてんかく》の天辺が赤く光っているので、翌日は雨なのだと確認した。爆竹は、いつでもできるように、買いだめして引き出しに入っていた。

# 片目の男

　エスカレーターは食堂の階までしかないので、突き当たりにある階段を上った。クリーム色の大理石の壁には、貝の化石が埋まっていた。何億年か前の海は山になって、そして髙島屋の階段になった。

　重いドアを開けると、湿気がわたしを取り囲んだ。梅雨だから曇っていた。夏至のすぐあとだからまだ明るかった。屋上には人はまばらだった。何曜日だったかわからないけど、高校に行ったあとだった。ベンチの間を行ったり来たりしていた鳩が飛び立ったので見上げると、頭上の広い空間はどこまでも空だけだった。白い雲の厚さにはばらつきがあって、斑《まだら》になった隙間から夕方の色をした日差しが透けているところがあった。そのときはまだ屋上の端に小さい観覧車があった。その向こうに架かる虹の写真を撮ったのは、その八年後だった。

　小銭を入れると動くキャラクターや飛行機や機関車が狭いスペースに集められていて、実際に動いているのはほとんどなくて、「やったね」とか「やあ」とか「こんにちは」という甲高い音声とぴろぴろした電気の音が重なり合って響いていた。そのあいだを抜けると、売店がいくつかあって白いプラスチックのテーブルと椅子が並んでいた。白い表面で水滴が光っていた。その椅子ではなくて、機械室の前にある木のベンチに座った。そこは張り出したテントの下で濡れていなかった。右のほうを見ると中年の夫婦が園芸植物の品定めをしていた。

学校が終わって、映画に行った帰りだったかもしれない。百貨店が好きだった。ベンチに座って、また別の鳩を見た。鳩は首と足の筋肉がつながっていて、首を動かさずに歩くことはできなかった。だから首をせわしなく動かしていてもなにかをついているわけではなくて、真っ直ぐ歩いていた。鳩たちの向こうに、おっちゃんが立っていた。ベージュのズボンも紺色のシャツも紺色の野球帽も、一様に汚れていた。紙袋を提げた手は、茶色く日焼けしていて厚い皮膚には皺《しわ》が刻み込まれていた。おっちゃんは、わたしから三メートル離れたところに立っていた。白いテーブルや椅子からも壁からもベンチからも均等に離れた場所で、なんとなく笑った顔をしてわたしを見ていた。

「元気か？」

おっちゃんが聞いた。わたしは、頷いた。もちろん、そのとき初めて会った。おっちゃんはにやっと笑った。

「そうか」

前歯は本数が足りなかった。おっちゃんはわたしから視線を外さないで、

「よかった」

と言った。左目には、白く濁《にご》ったゼリーのようなものが溜《た》まっていた。その下に見える瞳は、水色と灰色の間のような色をしていた。右の瞳も少し白っぽくなっていた。右目は、見えてはいるようだった。おっちゃんは、なにかわからないけれどたくさん入って重そうな紙袋から、レンズ付きフィルムを取り出した。

「写真、撮ってくれへんか」

その場に立ったまま、おっちゃんは手を差し出した。わたしは立っていって、軽いそのカメラを受け取った。

「あれ、入れてくれ」

おっちゃんは、とてものろい動作で右腕を肘から上げ、おっちゃんの左側にそびえている高層ホテルの建物を指した。まだできたばかりで白く光っていた。壁みたいな建物のいちばん上は、ガラスが山折りになった形になっていて、雲に刺さっているように見えた。わたしはその建物がおっちゃんのうしろになるように、反対側へと移動した。手元を見ると、フィルムはあと三枚しか残っていなかった。

おっちゃんは、右手の肘を折って前に出した右手の親指を立ててポーズをとった。ビーチサンダルの足が目に入った。親指の爪は割れていた。ゼンマイを巻いてシャッターを押すとかちっと頼りない音がした。

「もう一枚」

おっちゃんは、まったく姿勢を変えずに言った。ボール紙の湿った手触りを確かめながら、わたしはまたゼンマイを巻き、シャッターを押した。

「もう一枚」

おっちゃんは、口の端を上げて笑った。歯がないから、うまく笑えていなかった。わたしは、カメラを縦にして構図を変えて、シャッターを押した。かちっと音がした。それでもうフィルムは残っていないはずだった。

「ありがとう。ほんまにありがとう」

おっちゃんは足を引きずってわたしのところへ来ると、カメラを受け取った。

「がんばれよ」

と言った。左目に溜まった白いぶよぶよが、どうして落ちてこないのか不思議だった。

「はい」

わたしは言った。おっちゃんはわたしが上ってきた階段のほうへゆっくり歩いていった。わたしはベンチに戻ってしばらくホテルを見上げていた。誰かが窓に現れないかと思ったが、反射の光で見えなかった。それから下へ降りた。

人の少ない食器売り場で、高級陶器を見た。水色のカップがほしかった。その近くのショーケースに教会を象《かたど》ったクリスタルが飾られていた。四百万円だった。どうやって加工するのかわからないけれど、透明の石柱の内部に白い線で十字架とドーム屋根が刻み込まれていた。こんな美しいものが飾られていて誰でも見ることができるなんて、百貨店はなんて素晴らしい場所なんだろうと、感動して涙が浮かんだ。

七月になって、また屋上にいた。売店の前の白い椅子に座っていた。前と違って緑色のパラソルが開いていた。同じ素材の白いテーブルを挟んで座っていた七井《なない》が言った。

「禿《は》げたらどうしようと思って」

七井の髪は確かに細くて色も薄かったが、特に少ないとか生《は》え際《ぎわ》が後退しているようには見えなかった。

「なんで？　まだ十七やん」

わたしは笑った。七井は声を荒《あら》らげた。

「なに言うてんねん。どれだけ深刻なことかわかってないやろ。ほんまに、毎日毎日、髪の毛減ってたらどうしようかって鏡で確かめる気持ち、わからへんやろ。目の前にはつるつるのおやじの頭がうろついてるし」

七井が言えば言うほど、わたしは笑いが止まらなかった。七井は不満そうで、黙ってしまった。天気がいいから暑かった。青い空にヘリコプターの影が見えた。それから遅れてプロペラの音が響いてきた。近くにいた子どもが空を指差して、あ、と言った。そうやで、あれはヘリコプターっちゅうやつや。

ようやく笑いの収まったわたしは、七井の髪を見ないようにして言った。テーブルにパラソルの影が落ちている部分を、とても小さな虫が這っていった。わたしは言った。

「あれ、お母さんのほうのおじいちゃんで決まるらしいで」

七井はわたしの顔を見た。その青いTシャツには、遠い国の名前が書いてあった。わたしはずっと前からそこに行きたかった。

「お父さん禿げてても、お母さんのほうのおじいちゃん禿げてなかったらだいじょうぶらしいわ」

「そっちのじいさんは若いときに死んだから、禿げたんか禿げんかったんか、わからん」

素っ気なく七井は言った。売店の小さな箱の中では、頭にタオルを巻いた男がかき氷を作っていた。きらきらした氷のフレークには赤い透明の液体がかけられ、客の手に渡るまでのわずかな時間にも溶けていった。背中を向けている七井は、そのことを知らなかった。

しばらく黙っていた七井は、ようやく口を開いた。

「ロシアンルーレットやん」

「違うと思うで」

わたしはまたげらげら笑った。横を通った子どもがかき氷を持っていたので、七井はかき氷が食べたくなって買いに行った。わたしはいらなかった。隣のテーブルに座っていた男が振り向いた。リバー・フェニックスだった。髪が黒いから気がつかなかった。

「元気？」

リバーはわたしに聞いた。目は青かった。緑だったっけ。

「まあまあ元気」

とわたしは答えたけれど、リバーは返事しないで、向こうを向いてしまった。ジャケットを着ているから暑そうだった。大阪の夏はそれじゃあ無理やで、と教えたほうがいいのかな、と思った。リバーは頬杖をついて、テーブルの上の水滴を繋げていた。わたしは聞いた。

「わたし、かっこよくなりたいねん。どうしたらいいと思う？」

リバーは、ちょっとだけ振り返った。頬杖の姿勢のまま、横目でわたしのほうを見た。

「おれに聞くなよ」

「なんで」

「自分で考えたらええやん」

「うん」

わたしは怒られたような気分になって、椅子におとなしく座っていた。かき氷屋には行列ができていて、七井の前にはもう一人いた。とても髪の長い女の人で、白いシャツを着ていた。

なんとなく振り返ってみると、高層ホテルがこのあいだと同じ場所にあった。天気がいいから今日はもっと光っていた。あんなにたくさんの窓の分だけ泊まる人がいるなんてすごい、と思った。今この瞬間にあの高い場所で、宙に浮かんで眠っている人がいる。昼の三時だから、昼寝していると思う。わたしも眠いから。

わたしがこのあいだ座っていたベンチには今はカップルが座っていて、二人とも眩しそうな顔をしていた。

「おれは」

リバーの声がして、わたしはそっちを見た。リバーは立ち上がっていた。背が高いように思った。

「おれは、なんとかやっていってる」

それだけ言うと、園芸売り場のほうへ歩いていった。

七井が黄色いかき氷を持って戻ってきた。園芸売り場で身長よりも高い笠みたいな葉っぱを眺めているリバーの後ろ姿のほうを見たまま、七井は言った。

「なにしゃべってたん?」

かき氷にささったピンクの縞々のストロー。七井のTシャツは青で、スニーカーは灰色。リバーがいたテーブルに座った家族は、双子の男の子を連れていた。なにからなにまでおそろいだった。

「どうやったら、かっこよくなれるんかなって」

わたしは、突っ立ったままの七井を見上げて、言った。七井はすぐに答えた。

「そら、大問題や」

化石のたくさん埋まった階段は、冷たかった。三階で、黒いシャツを見つけた。ずっとほしかったものが形になってそこにあったから、わたしは十分以上そこにいて、そのあと他の店を見たあとにも戻って確かめた。着ることがないのは知っていた。エスカレーターの横には大量のバラが飾られていて、一本もらって帰ろうと思っていた。

# 金魚

九階のベランダからは、通天閣が見えた。その向こうに、生駒山《いこまやま》が見えた。いつも、太陽はそこから昇った。

ベランダの隅の日陰に、真っ白にペンキを塗った、前はなにに使っていたかわからない木の台があって、そのときはそこに水槽が載っていた。プラスチックの安価な、三十センチくらいの水槽だった。その直方体の中身は、水草でいっぱいだった。水草は、最初は金魚鉢の飾り程度に二、三本植わっていたのがどこまでも伸びて、今では水の部分より水草の部分のほうが多くなっていた。プラスチックの内側の表面は緑色の苔がびっしりと覆っていて、少し離れて見ると深緑色の塊にしか見えなかった。

その中に、金魚がいるはずだった。前の年の夏祭りの金魚すくいで獲ってきた金魚が、二匹か三匹、そこに入っているはずだった。姿が見えなくなって、どのくらい経つのかも思い出せなかった。少なくとも、今年に入ってからは家族の誰も金魚のことを思い出さなくて、餌の袋を見かけたこともなかった。

その朝、夢で金魚を見るまで、わたしも忘れていた。夢の中で、金魚は小型のフナぐらいに成長し、そして、人間のと同じ形の立派な歯が生えていた。

十歳だったから、小学校へ行った。朝はようやく涼しくなりかかっていた。冬が来る、と思った。九月か、十月だった。

教室の床は油引きをしたばかりで、ガソリンスタンドと似たにおいがした。焦げ茶色に鈍く光る床には、もう砂が溜まっていた。わたしたちは休み時間ごとに、狭く硬い運動場の表面を覆う砂を、運動靴の裏で教室に運び続けていた。

窓際のいちばん前の席で、岸田が背中を丸めて、変わった握り方で鉛筆を動かしていた。ノートを覗き込むと、カマキリの絵を描いていた。

「うまいなあ」

わたしは言った。岸田は、なにも答えなかったし顔も上げなかったし、手を一定のスピードで動かし続け、カマキリの腕の棘《とげ》を一つ一つ描き込んでいた。

「そういうの、覚えてんの？」

わたしは聞いた。岸田の周りにはカマキリの写真はなかったし、もうカマキリは見かけない季節だった。

「おお」

岸田は顔を上げずに曖昧な声を出した。短く刈った髪と、岸田の鉛筆の先から発生するカマキリの棘は、似ていた。

「すごいな」

しばらく、岸田の手とどんどん精密になっていくカマキリを見ていた。黒板と教卓の間にいる女の子たちが、誕生日会に誰を呼んで誰を呼ばないか、話し合っていた。聞かなかったことにしたかった。

岸田のうしろの自分の席に着いた。開け放たれた窓から、カーテンが外へと飛び出して翻《ひるがえ》っていた。隣の高校の広いグラウンドが見えた。広い、といっても自分たちのいるところと比べればということで、サッカーコート一つ分ぐらいのことだった。間にある道路は、緑色に塗られていた。二つの学校のブロック塀に挟まれたまっすぐな道は、いつも誰も歩いていなかった。

岸田の肩の向こうの絵を、首を伸ばして覗いた。岸田は絵がうまかった。たぶん、今まで会った人の中でいちばんうまかった。岸田のカマキリの絵を見ながら、わたしは金魚のことを考えていた。絶対、巨大化して歯が生えている。忘れていた、というのは嘘で、そこにいるのを知っていたのに姿が見えないからって餌もやらなかったし覗きもしなかったわたしを金魚は許さないだろう、と思った。そのうちに、夕方再放送していた映画のように天井に頭がつくほど巨大になって、街を襲うかもしれない。

授業中、なんとなくノートを半分にちぎって、また半分にちぎって、それをまた半分にして、どんどん小さくして紙吹雪を作った。そして、一塊《ひとかたまり》を岸田に向かって投げた。ひらひらしてきれいだったから、残りも全部岸田に投げた。教壇から、西山先生が言った。

「岸田はスターか」

わたしは笑った。

「うん」

岸田が振り返って、難しい顔でわたしを見た。ねじった胴体の向こうに見えた机の上のノートには、シュモクザメとショウリョウバッタが出現していた。

床の上の砂を茶色く硬い箒《ほうき》で掃いていくと、砂丘のように模様ができる。それが好きだった。前から順に規則正しく掃いていき、一往復するたびに、砂の層が厚くなる。この教室にいる四十五人が少しずつ運んだ砂が、いつのまにこんなに積もるのか、何度掃いても不思議だった。最後には深いちりとり一杯分の砂が集まって、それはごみ箱に捨てられるのに運動場の砂がいつまでも減らないのも、不審に思っていた。砂を掻き集める箒は、だんだんと重くなる。その手応えも、気に入っていた。

だから、給食のあと机をうしろに集めてみんなが運動場に出て行ってしまったあと、掃除当番でもないのに勝手に一人で掃除をすることがあった。誰もいない教室で、同じ動作を繰り返してひたすら箒を動かしていると、周りがどんどん静かになっていく気がした。だけど好きなのは箒で砂を掃くことだけで、机を運ぶのも雑巾《ぞうきん》をかけるのも窓を拭くのも黒板消しをはたくのも、全部きらいだった。箒を砂を集めて、義務を果たしたことにしたかった。

女の子たちが教室に帰ってきた。まだ、誕生日会に誰を呼ぶか相談中だった。誰を呼ぶなら誰にも声をかけないと、と朝と同じことを言っていた。

「山田さん」

女の子のうちの一人が言った。

「山田さん、髪伸ばしたら似合いそう」

彼女は長い髪のサイドを頭の左右で留めていた。髪飾りの黄色いプラスチックが目立っていた。別の女の子が言った。

「うちのお母さんが、山田さんかわいいカッコしたら女の子に見えるのに、って言うてたで」

「暑いから」

「もう冬なるやん」

「まだ夏や」

わたしは箒を持って廊下へ出た。ごま塩みたいな柄《がら》の石でできた廊下にも砂が積もっていた。きっちり隣のクラスとの境目から、わたしは箒を動かした。保健室から帰ってきた五十嵐が、傘立てに座っていた。眠たそうな目で、五十嵐は言った。

「帰らしてくれへんかったわ。もうちょっとがんばれるか、やって」

五十嵐は夏休みにずっと行っていた和歌山で日焼けしたのがまだ戻っていなくて、全体的に茶色かった。

「しんどい？」

「今は、別に」

一年くらい前、病院で五十嵐に会った。いつも行くところではない、大きい病院だった。五十嵐は一週間くらい学校を休んでいた。同じ喘息《ぜんそく》でも五十嵐のほうが重症なのは、一年の時から知っている。

「朝は、起きてたけど」

五十嵐は立ち上がって、わたしが箒で掃き寄せた砂を運動靴で移動させ始めた。箒の先で形作られた流星形の模様が崩れ、幅の広い溝ができた。

「わたしも先週はしんどかったわ」

春と秋は、眠って何時間かすると目が覚める。一週間か二週間、それが続く。真夜中に起きて、ずっと座っている。横になると苦しいから、座っている。暗い部屋の中で、ただ懸命に呼吸だけをしていると、だんだんと夜が明けてくる。その前の週、何曜日だったかわからないけれど、明るくなってきたので二段ベッドの上からカーテンを開けて空を見ていた。生駒の山並みの上に雲がかかっていた。白くて起伏のない広い雲は、何年も前に行った雪山のようだった。雲にはところどころ小さな突起があり、そこに長い影ができて、雪山に立つ木にそっくりだった。わたしは、そこを滑り降りる自分をずっと想像していた。だれもいない広い雪原。そこを滑るわたしは、通天閣くらいの大きさだった。

雪山は青白い色からゆっくりと薄桃色に、それからちょっとオレンジに似た色にもなり、そして空が完全に明るくなると、消えてしまった。わたしは一時間ほど眠って、起きてテレビを見てから学校へ行った。

五十嵐は砂を集めるのに飽き、廊下の窓の下に並ぶロッカーにもたれて肩を大きく動かして息を吸った。

「薬、持ってるで」

わたしは、ポケットから金色のシートにパックされたオレンジ色の錠剤を取り出した。五個が二列、正確に並んでいた。苦い味が口の中に蘇った。五十嵐はわたしの手からシートを取ると、じっと見て、端を破った。オレンジ色の錠剤を二個取り出して、灰色のスチールのロッカーの上に並べた。剝き出しの粒は、甘い駄菓子みたいに見えた。五十嵐は親指の爪でそれを順番に潰した。砕かれた錠剤は、ますます砂糖の塊に近くなった。

「おれの一回分の命や」

五十嵐は言った。それから、粉々になったオレンジ色を手で払い落とした。わたしはそれも箒で掃いて、砂といっしょにごみ箱へ捨てた。

五時間目が終わる前に岸田の絵は完成した。カマキリとシュモクザメとショウリョウバッタとウミガメが、同じ大きさで、誰がいちばん強く見えるか競っていた。小テストを早く終えてしまったわたしは暇なので、下敷きの端を両手で持ってたわめたり戻したりを繰り返していた。柔らかいプラスチックの下敷きは、両手をリズミカルに動かすとぽこぽこぽこぽこと音が鳴った。水の中にいるみたいな音、と思った。それでずっとやっていると、西山先生の声が響いた。

「山田ぁ」

手を止めて先生の顔を見た。

「ええかげんにしときや」

家でテレビを見た。白い着物の侍が大勢の人を斬ってすべてが解決した。気になるので、ベランダの窓を開けた。水槽は、藻《も》に埋もれてなんの動きもなかった。金魚に噛《か》まれることを覚悟して、蓋を開けた。上から覗いた。横から見ると苔がこびりついて濁っているのに、蓋を開けて上から見た水は透きとおっていてきれいだった。狭くなった水槽の中で伸びて絡み合ったヘビみたいにいっぱいになった深緑色の藻の隙間に、鮮やかな朱色が見えた。金魚だった。小さかった。去年、金魚すくいで持って帰ってきたときと、まったく同じ大きさだった。歯もなかった。じっと見ていると、ちゃんと三匹いた。

何度も朝まで起きていたけれど、学校に行って眠いと感じたことはなかった。夜から朝になるとき雲が雪山みたいになるのをわたしは知ってる、と思った。

# 十二月

ジャングルジムの上から硬い砂を見下ろした。薄茶色の犬が、こっちを向いていた。歯を剝き出しにして、白い息を吐いている。寒かった。すかすかの襟元から、冷たい風が吹き込んできた。わたしも愛子も、両手をセーラー服の裾《すそ》の内側に入れて背中を丸めていた。うおっ、うおっ、と犬が重い声でまた吠えた。

「何分？」

犬をみつめたまま、愛子が言った。

「八時五分」

わたしは答えた。公園の横にはアパートがあって、その一階の部屋の窓越しに壁に付いている時計がよく見えた。十八歳までは目がよかったから、十三歳だったらなんにも不自由はなかった。

「ちゃうちゃう。ここに何分おる？」

「十五分ぐらい？」

中学に時計を持っていくのは禁止だった。死にそうに寒くても、セーラー服の下に学校指定の薄っぺらいVネックのTシャツ以外を着るのも、上着を着るのもマフラーをするのも、禁止だった。首から襟《えり》が大きくあいているし、裾はぴらぴらだし、風が通り抜けるためにあるような服だった。初めてこの服を着たとき、左の脇から裾にファスナーがあるし、襟は真ん中の三角の部分がいくつものホックで留めるようになっていて、張りぼてみたいな服、と思った。あとになって、アメリカとフランスとドイツの海軍の制服をよく着ていたけれど、どれもそんなふうにはなっていなかった。

うおん、と犬が唸った。なんの種類が混ざったのか知らないが、薄茶色の毛は長めで縮れていてさらにところどころ禿げていて、そういうのが低い角度の日差しに透けていた。パチンコ屋のおっさんが飼っているこの犬に追いかけられたのは、もう何度目かわからなかった。

「犬に襲われて命の危険を感じたから学校に来れませんでした、って言うて許してくれるかな？」

「猫で死ぬことないけど、犬では死ぬと思う」

「にゃー」

愛子が鳴いた。犬は、わたしたちから目を逸らさなかった。充血した目、と思った。バスケットコートぐらいの広さしかない公園の外の道を、おっちゃんやおばちゃんたちが何人も通った。子どもは無邪気でええね、という顔をしていた。わたしたちも助けを求めなかった。同じ学校の生徒も通った。同じクラスの水野さんがこっちに手を振ったから、わたしも振り返した。なんとか、見たー？　と聞こえてきたけれど、なんとか、のところは聞き取れなかった。たぶん昨日のテレビのことだった。うおっ、うおっ、と犬は相変わらず吠えていた。きゃー、と愛子と二人で言ってみた。パチンコ屋の裏口には人の気配はなかった。表側も、朝から人が行列することがあったが、そのときは誰もいなかった。

「アイス食べたい」

愛子が言った。

「寒いやん」

わたしにはそんなことは考えられなかった。冬で寒くて朝だったたから。

「チョコとバニラと半分ずつのやつ」

みなりんとぶっちが角を曲がってくるのが見えた。

「なにやってんのー」

みなりんの声が、団地の壁に反響した。

「犬ー」

とわたしは叫んだ。ジャングルジムの下にいた犬が、しっぽのほうを振り返った。みなりんたちの来る方向に、別の犬の姿があった。同じような大きさの、鼻先の黒い茶色の犬がおばさんに連れられていた。お互い、五十メートルほどの距離を隔てながら、じっと見つめ合っていた。数秒後、うおおっ、うおおっ、と大きく吠えて、パチンコ屋の犬は茶色の犬を追いかけていった。

「ぎゃあー」

「こわい、こわいって」

みなりんとぶっちが道の端に飛《と》び退《の》き、それからわたしたちのほうへ走ってきた。

わたしと愛子は素早くジャングルジムを降り、四人で大通りまで猛ダッシュした。

生活指導の先生が両側から閉める門扉《もんぴ》のあいだからなんとか学校に入った。すぐ真上の教室の窓から、セーフ、と誰かが叫んだ。

愛子たちと別れて、わたしはわたしの教室へ入った。みんな、大騒ぎしていた。なにもないけど、それぞれが、大騒ぎしていた。朝の職員会議が長引いて、先生はなかなか来なかった。始業時間を十分過ぎて、先生が入ってきた。みんなはまだ大騒ぎをしていた。わたしも隣の席の進藤さんとカイロを投げ合いながら、昨日のテレビの話をしていた。

先生は教卓の上に出席簿を広げてなにか書き込んで、何人かは立ち歩き何人かは机に伏せて寝ていて、残りはお互いにしゃべっている生徒たちを確認するように順に見た。それから、

「静かにしなさい」

と、比較的大きな声で言った。わたしたちはそれぞれの座る場所に座っていちおう前を向いた。先生はなぜか急にため息をついた。いつも紺のジャージなのに、その日は緑色のジャージを着ていた。二本のラインは白。

「ほんまにおまえらは、そんなにのんきに騒いでられるんも、今の世界が恵まれてるからやぞ」

先生はもう一度ため息をついた。黒板で使うための大きな三角定規と分度器を溝に

並べ直して、また教卓のところに立った。わたしの前に座る河本は、机の下でシャープペンシルの芯をプチプチ折っていた。

先生は、意を決したように、顔を上げた。

「今日は、ちょっと授業の前にだいじな話をせなあかん」

わたしは隣の席の進藤さんの顔を見た。進藤さんもわたしの顔を見ていた。進藤さんは癖のある前髪が右のほうへ曲がっているのを気にして何度も直していたけれど、また元に戻っていた。すきま風が足下を流れていった。ストーブはまだつけられなかった。

「おまえら、そうやって世界の平和のことなんか考えんと、好き勝手に遊んでばっかりおるけど、今日はな、みんなが世界の平和について考えなあかん、重要な日なんです。みんな、今日はなんの日か知ってるか？」

わたしは、黒板の右端に並ぶ白い日付を見た。

十二月八日、と書いてあった。日直は、八木と川島。

真珠湾攻撃か、と思った。戦争の始まりの日。リメンバー、パールハーバー。それはアメリカ人のほうが言うんやったっけ。足先が寒いので、ずっと上下に動かしていた。

「今日、十二月八日は」

先生はそこで一呼吸置き、教室中の生徒の顔を見渡した。そして、しっかりとした声で言った。

「今日は、ジョン・レノンが殺された日なんです」

先生は、涙ぐんでいるようにも怒っているようにも見えた。

「ジョン・レノンは、世界の平和を訴え続けて、戦争のない自由な世の中が実現することを願って、歌い続けたんです」

それから、黒板に「イマジン」の歌詞の最初のほうを、これぐらいの英語みんなにも意味わかるやろ、と言いながら書いた。わたしの頭の中では、「イエスタデイ」のメロディが、原曲ではなくて音楽の授業のときにリコーダーで合奏したおもちゃみたいな音で流れていた。ビートルズの誰が誰なのかも、そのときは区別がついていなかった。

先生は、「イマジン」の歌詞を背負い、教卓に手をついて自分で大きく肯いてから言った。

「今日一日は、みんなに平和について考えてほしい」

授業中、窓の外をずっと見ていた。まっすぐな道は、人通りが少なかった。通るのは、トラックか自動車か自転車で、歩いている人はだれもいなかった。葉の落ちた柿の木の貧弱な枝の影が、アスファルトにうっすらと模様を作っていた。角の、開いているのか閉まっているのかわからない喫茶店のドアには、クリスマスの飾り付けがしてあった。誰も出入りしなかった。

「山田」

先生の声が響いた。

「よう外ばっかり見てんなあ。そこの道見てたって、なんもおもろいもんなんかないやろ」

わたしはちょっと頭を下げ、それからは顔は前に向けたまま目だけを動かして窓の外を見た。授業が終わる間際に先生と目が合った。

四つ角で、愛子とみなりんとしゃべっていた。角の家の一階は工場で、開けっ放しの戸から鉄を削るぎゅいーんという音と機械の動くがったんがったんという音が同じリズムで途切れることなく響き続けていた。二階のベランダには毛布が干してあった。ミッキーマウスの柄だった。

「犬、飼いたい」

愛子が言い出した。

「朝、最悪やったやん」

「小さいやつ？　おっきいやつ？」

みなりんが聞いた。誰も、犬を飼っていなかった。猫も、友だちの家にはどこにもいなかった。

「めっちゃでかくて獰猛《どうもう》なやつ。あいつに、勝てるようなん」

「ドーベルマンとか？」

「色は黒。真っ黒」

愛子は言いながら鞄から飴の包みを出してきてみんなに配った。工場から、指先が真っ黒になった作業服のおっちゃんが出てきた。きっと、同じ中学の誰かの父親だった。土間にはくるくる丸まった金属の削り屑がたくさん落ちていた。その前のアスファルトには油が滲み、いつもと同じように虹色に輝いていた。螺旋型の鉄屑も、一つ一つが光っていた。ゆっくりと動いていく色彩の光に視線を向けたまま、わたしは言った。

「咬《か》まれたことあるからマルチーズだけは絶対いや」

「どこ？」

「手。ああいう顔の犬は全部嫌い。シーズーとかも、まったくどっこもかわいないやん」

「ほんならなにがええの？」

「パグ」

「おんなじ系統やん」

「どこが？　絶対違う」

「意味わからん」

「なんでよ。どこ見てんのよ」

「鼻とか目とか口とか。解、変なこと言うわ」

「違うって。どう見たって、似てるとこなんか一か所もないやろ」

「はあ？」

愛子もわたしも苛《いら》ついて、しばらく黙った。飴をゆっくり口の中でいったりきたりさせていたみなりんが、しばらく経ってから言った。

「犬はええけど、子どもほしいな」

愛子とわたしはみなりんの顔を見た。愛子が先に聞いた。

「男？　女？　どっち？」

「女の子やけど、わたしに似てない子」

「女の子は父親に似るっていうから、だいじょうぶちゃう」

わたしが言うと、みなりんはちょっとうれしそうな顔になった。

「そう？　アメリカ人かフランス人にしよかな」

「金髪？」

「そこはこだわれへん。いや、やっぱり考え直すわ、根本的なことから」

日が沈んで風はますます冷たく、工場の機械の音は少し速くなった。

一年経って、つけっぱなしのラジオから「ストロベリー　フィールズ　フォーエバー」が流れて来た。始まりのところの歪《ゆが》んだ変則的なリズムの音に、ラジオが壊れたのかと思って、近づいていってスピーカーを凝視《ぎょうし》した。

## ピンク

運動場の砂は表面だけで、風が吹くとすぐに硬いところが出てきた。その下に土があるなんて信じられなかった。わたしたちの街の表面は全部コンクリートで覆われていて、土を見たことがなかった。

「岡田、なんやその体操着は」

水上先生が言った。愛子の体操服の上が、今日は薄いピンクになっていた。おとといは白かった。

「お母さんが洗濯したらピンクになりましたー」

愛子は言った。愛子は隣のクラスで、体育の時間だけいっしょだった。先生は近寄って愛子の体操服をじっと見た。最近老眼で、とこないだ言っていた。

「なにと洗《あろ》たんや」

「ハワイのお土産《みやげ》のタオル。外国のは色落ちするからあかんわ、って言うてました」

「漂白してもらいなさい」

「しましたー。最初、もっと真っ赤やったんです」

先生は無言で愛子を見つめたが、あきらめて出席簿の名前を読み上げ始めた。わたしたちは、寒かった。半袖一枚だった。昨日、少しだけ雪が降った。風も強かった。愛子も他の女の子たちも体操服の裾を引っ張ってその中に手を入れていた。

飛行機の音がして見上げると、水色の空をセスナ機が横切っていった。


次の週、五十人のうち五人の体操服がピンクになっていた。

「うちのお母さん、家事苦手やねん」

まなみちゃんが言った。

「あんたらな」

と水上先生は言いかけて、やめた。体育の授業はあと二回か三回だった。何回来れば中学が終わりになるか、わたしはしょっちゅう数えていた。寒くて、乾いていた。

風が吹くと砂が舞い上がって、硬いところが剝き出しになった。裏門の横にある貧弱な桜の木が、白い鱗《うろこ》みたいなものに覆われていた。そのうちに伐られるだろうと思った。


「やる気なっしー、やる気なっしー、やる気なっしー」

石灰の白い線まで歩きながら、樋口さんが歌うように繰り返した。樋口さんもピンクの体操服を着ていた。色の抜けた髪が、冬の日差しに黄色く透けていた。


「樋口」

水上先生の声が響いた。

「そういう態度、やめなさい。周りのもんに悪影響や」

先生の子どもは花子って名前、とこないだ愛子に聞いた。何歳かは知らなかった。わたしたちよりは若そうだった。樋口さんはちょっと意外そうな顔で先生を見て、

「はあい」

と言った。

半分の二十五人がスタートラインに着いた。もともと狭い場所だから、きっちり並ばないで締まりのない一塊になっていた。残りの二十五人は、ストップウォッチと紙と鉛筆を持ってトラックの内側にいた。

「やる気なっしー、やる気なっしー」

わたしの隣で、愛子がつぶやいた。体操服のピンクは、先週より薄くなっていた。愛子のお母さんがハワイ土産のタオルといっしょに洗濯したのはほんとうだと、わたしは知っていた。

「なんで男子だけ柔道あんの？」

愛子が体育館のほうを見て言った。窓も扉もすべて完全に閉め切られていた。

「外でやれよ」

わたしが言った。

「寒さで鍛《きた》えろっちゅうねん」

前にいた長江さんが言った。少し経ってからさらに、

「虐《しいた》げられてるわ。人間は長袖着る権利を有してるはず」

と言った。同時に、ホイッスルが鳴り響いた。わたしたちは走り出した。


スニーカーに砂が入った。スニーカーは嫌いだった。走るのも嫌いで、マラソンと雪山登山がこの世でいちばん理解しがたい行動だった。持久走は千メートルだった。運動場が狭いから、トラックは一周百五十メートルと中途半端だった。それでも渡り廊下のぎりぎりを通った。三周目に入るころには、わたしの周りには誰もいなくなっ

た。前を走る人とは、そろそろ五十メートルは距離があこうとしていた。前の人のポニーテールが右に左に揺れるのをぼんやり見ていた。冷たい空気が肺にはいると、気管が縮む気がした。

うしろから、足音が聞こえてきた。砂が押しつぶされて滑る音。どんどん近づいて、跳ねた砂が足に当たりそうだと思った。リズムも重さも、わたしのとは全然違う音。そのうちに、荒い呼吸と高い体温がすぐうしろに感じられて、それは一瞬で、白い体操服の背中がわたしの前に現れた。石田さんは今日も記録更新かもしれない。しばらくして、まなみちゃんや小山さんにも抜かれた。持久走で学んだことは他人のことは気にしないってことですね、と将来なにかのときに答えよう、と思っていた。

渡り廊下の隅に、マーサ・プリンプトンが座っていた。ベビーピンク色のスウェットを着ていて、上ももちろん長袖だった。アメリカ人だから特別扱いなのだろうと思った。眼鏡は財宝を探しに行った洞窟で壊れたまま新調していないらしく、難しい顔をしてわたしたちを見ようとしていた。

同じ風景をなんども繰り返した。走れば走るほど、他の人がわたしを追い抜いていった。石田さんには二回抜かれた。白い背中、白い背中、たまに薄いピンク。その度に、冷たい空気の中を生温い温度の塊が過ぎていった。なんでみんなピンクにしたのか不思議だった。別の色でもよかったのに。

五周目に渡り廊下の前を通ったとき、マーサは欠伸をして地面をつついていた。しばらく見ないうちに太った気がした。同級生たちは次々ゴールし始めた。タイムキーパー役が石田さんのタイムを告げるとちょっとした歓声が沸いた。最後の一周は一人で走った。渡り廊下の前を通るとき、マーサが手を振ってくれた。

ストップウォッチの秒針はとても滑らかに動いて、見つめているだけで心が開かれていくような感じがした。セスナ機が飛んできた。近所の市場の安売り広告を放送する飛行機はいつから来なくなったのか、覚えていなかった。水色の空には、中途半端な形の白い月が浮かんでいた。青い空にある月は薄い影みたいで、背景の空が透けて見えるようだった。あの穴の開いた白い影が、空よりも遠いところにあるなんて信じられなかった。

百六十円で切符を買った。改札のハサミはなぜあんないい音がするのか、と毎回思った。長いプラットフォームには、壁沿いに長い木のベンチがあった。わたしが電車に乗ろうとする時間には、いつも人は少なかった。西日が深く差していた。西の海に向かって開けた街だったから。

ゆっくりとカーブを曲がって現れるオレンジ色の四角い電車は、どちらから来るのにも鉄橋を渡ってきた。緑の鉄骨の箱形の鉄橋。西へ向かっても東へ向かっても、川を渡ると別の街だった。川沿いには船が並んでいた。

大阪環状線は一周が三十八分で、駅の数はそのときは十八。内回りと外回りの、たいていは外回りに乗った。そうすると電車は西へ、海のほうへ向かい、川を渡って、それからまた東へと走った。駅に到着するたびに人が増え、大阪駅で大部分が降り、また大勢が乗り込んで、京橋や鶴橋で降りた。人が増えたり減ったりするのを、眺めていた。森ノ宮駅の鉄骨と壁は薄緑色、桜ノ宮駅と桃谷駅は薄ピンク色に塗ってあって、そういうことをする人間てかわいいと思った。

細長いシートのどこかに座って、向かいに並ぶ人たちを見ていた。四歳ぐらいの男の子とおばあちゃんが、自動販売機ごっこをしていた。おばあちゃんが何回透明な百円玉を渡しても、男の子は透明なリポビタンDばかり買った。六回目にようやく、オレンジジュース、と叫んだ。人が増えてくると、吊り革に体重を預けた人たちが目の前に並んで、窓が見えなくなった。それでも彼らの隙間を通ってほとんど真横から差してくる夕陽が、わたしの顔や手を貫通していった。

目的地のない電車だから、いつまでも乗っていてよかった。一周とだいたい五分の二ぐらい、オレンジ色の電車が線路を走るあいだ、わたしとずっといっしょに乗っていた人は誰もいなかった。みんな、どこかから乗ってどこかで降りた。みんな降りるところが決まっているみたいだった。だけど、少なくとも一人だけ、妙に長いコートを着たおっちゃんが、半周以上乗っていた。たぶん。

交差点に面した百貨店の角の部分はガラス張りのスペースになっていて、雑貨屋だった。赤や緑や黄色の、外国から来た文房具が並んでいた。プラスチックの発色は鮮やかで、強い照明の下では色と色との境目が浮き上がって見えた。赤い表紙のノートがほしかった。財布を持っていなかった。ポケットに千円札が一枚と百円玉と十円玉が何枚か入っていた。持ち物はそれだけだった。買ってもよかったけど、そうしたら袋かなにかを持つことになるからやめた。

ガラス張りの壁の向こうは、もう夜になっていた。千円もするシャープペンシルや地図柄の封筒や緑色のボトルなんかが詰まった棚の隙間から、歩道を歩いていく女の人と目が合った。

外に出ると、冬だった。

駅の長い階段を降りる途中で、マーサの金髪頭を見つけた。ベビーピンクのスウェットのままだった。改札を出たマーサは右へ曲がり、そのままバス停へ向かった。ちょうどやって来た、ちょっと前までわたしがいた街へ行くバスに乗った。いちばん後ろの座席に座ったマーサの頭が、坂を上って橋の向こうへ遠ざかるのを見送った。

　家の近くの横断歩道の手前で、石田さんと小山さんとあと三人ぐらいに会った。塾の帰りみたいだった。それぞれ自転車を押していた。街灯の白い光の下で小山さんが聞いた。

「どっか行ってたん？」

「買い物とか」

　答えたわたしのなにも持ってない両手を、石田さんは素早く見た。

「なに買《こ》うたん？」

「なんも。見るだけ」

「お金ほしいなあ」

　誰かが言った。

「うん」

　素直に頷いた。誰かがまた聞いた。

「百万あったらなに買う？」

　誰かが答えた。

「服。ほんで旅行行く」

「アメリカ？」

「カイロ。ピラミッド登る」

「登ってええの、あれ」

「わたし、漫画めっちゃ買う。漫画図書館にするから、みんな来てええで」

得意げな表情で、石田さんが言った。

「タダ？」

「一時間百円、貸し出しは五十円」

「図書館ちゃうやん」

「漫画部屋？」

「一冊三百五十円として、百万やったら……二千八百冊ぐらい買えるやろ。一日百冊貸し出してー、えっ、五千円しかならへんやん」

「計算速すぎるで」

わたしが言うと、走るのも計算も速い石田さんは、

「なんでもやってみなわからんな」

と、言った。

駅へ向かうバスがまた通った。青白い光の満ちた車内には、運転手以外誰も乗っていなかった。

自分で稼《かせ》げるようになりたいと思っていた。

# アイスクリーム

高校の二列ある校舎は間を渡り廊下で繋がれていて、上から見るとHを二つ重ねた形、もしくは二段だけのハシゴみたいな形をしていた。どちらも中庭側が教室だから、窓際の席に座ると、向かいの校舎の教室がよく見えた。向こう側の教室は黒板がこちらと逆の壁に付いてるから、向こう側にいる人はわたしたちと向かい合う方向に座っていた。だけど、顔は見えなかった。

朝、なぜか早く学校に着いた。めずらしかった。結局高校三年間は無遅刻一欠席だったけど、予鈴《よれい》と同時に駆け込むのが普通だったし、一年生だったから自分が今後遅刻しないなんてまったく予想していなかった。下駄箱のロッカーを開けると、ムラさんに貸していたカセットテープが入っていた。メモがくっついていた。「ひばりさん、死んじまったね……」。朝刊の一面もそのニュースだった。

四階まで階段を上って、いちばん奥の教室を目指して歩いていると、水野さんが教室から飛び出て非常階段のドアを勢いよく開けて駆け下りていくのが見えた。そのあとを、井上さんが追いかけていった。

教室の窓際では、ひばりちゃんとリコが窓際の机の上に座り、真下を覗いていた。ひばりちゃんは島野恭子という名前だけど、顔が美空ひばりに似ているからひばりちゃんと呼ばれていた。だから、ちょっと悲しい日だったと思う。

「なに見てんの?」

「あれ」

ひばりちゃんとリコが同時に下を指差した。わたしも椅子の上に立って下を見ると、さっき階段を駆け下りていった水野さんが、中庭の渡り廊下の隅で手紙を渡していた。相手はたぶん三年の男だった。

「だれ?」

「知らん」

「なんか見たことある。桜之宮のローソンでバイトしてる人ちゃうかなあ」

視力のいいリコが言った。わたしも視力はよかった。それなりに顔のいい男に見えた。

「あっ、睨まれたで」

こっちを見上げた水野さんが、三歩下がったところにいた井上さんに近づいてなにか囁《ささや》いた。井上さんは、わたしたちのほうを見上げて眩しそうな顔をし、それから非常階段のほうへ歩きだした。

「やば」

わたしたちは体を引っ込めた。しばらくして、予想通りに井上さんが現れた。

「見んといて、って」

「なんかあったんかと思って。すごい勢いやったから」

ひばりちゃんは、わざとらしい言い訳をした。リコとわたしは動きを揃えて頷いた。井上さんはちょっと困った表情のまま、というよりもいつもそういう顔をしていたが、それ以上なにも言わないでいちばん後ろの席に座った。ちょうど教室に入ってきた高原くんが、わたしたちを順番に見て言った。

「なんかあったん?」

「あ、それ見して」

高原くんが左手に持っていた週刊少年ジャンプを、リコが引っ張った。

「まだ読んでへんて」

高原くんが引っ張り返した。水色の空と水分の多い空気で、夏の始まりのほうの朝ってさわやかだと思った。

数学の先生が入ってきた。

「おとといは、急に休んですいません。友人の葬式で」

先生は視線を出席簿や自分の足下などに移しながら言った。

「高校の友だちで、長いこと会うてなくて。なにも……、死なんでもええと思うんやけど」

隣の席のひばりちゃんと顔を見合わせた。先生は続けて何度も瞬《まばた》きをし、悲しいように微笑んで出席を取ったあと、黒板消しを持って黒板を端から端まできれいに拭いていった。深緑色の板には、それでもその前の授業やさらに前の授業や先週その先生が書いた座標軸の痕《あと》が、透明な文字のように残っていた。

授業が終わって先生が出て行ってから、ひばりちゃんが言った。

「原因なんやろな?」

「言うんやったらちゃんと教えてくれたらええのに」

もしかしたら、先生も知らないのかもしれない。誰も。と、そのときやっと思った。

「あの先生、何歳?」

「四十とか?」

わたしたちは、十五歳か十六歳のどちらかだった。

昼休みには相当に蒸し暑く、まだ当分先のはずの蟬《せみ》の声が一瞬頭の中で聞こえた。

「アイス食べたい」

リコが言ったから、わたしたちは非常階段を降りた。

「一日一本」

「こないだリコちゃんち行ったら、一リットルサイズのバニラアイスに大きいほうのスプーン突っ込んで食べてんねんで」

「えっ、あれって冷凍庫に必ず入ってるもんとちゃうの」

一階分降りるごとに、ほんの少しだけれど確実に涼しくなった。完全に日陰の一階に辿り着くと、開けっ放しのドア脇で、高原くんが廊下の窓から外を見ていた。外といっても、長い塀と長い校舎に挟まれた細長いスペースで、大きな棕櫚《しゅろ》が並ぶ下にシダが生えていた。棕櫚はよく伸びて、三階の窓よりも高かった。

「なに見てんの?」

廊下には入らずにわたしは聞いた。高原くんは一度振り返ったが、また外を見て言った。

「なんか、古代っぽいと思って」

なんの種類か知らなかったが葉の厚い低い木と塀を覆う蔦《つた》のお化けみたいな蔓《つる》植物を透かして降る日の光に、育ちすぎたシダの葉が照らされていた。シダは左右に規則正しく整列した葉の一つ一つが大きくて、その裏にびっしりとくっついている胞子の粒々もちゃんと見えた。人間が誰も通らないその場所は、濃さや色味の違う緑色で覆われていた。明るい緑、黒っぽい緑、黄緑、青緑、草色、深緑。それらのあいだの、名前に分けられない色。

「恐竜出てきそう」

「違う違う。三メートルのとんぼとかダンゴムシみたいなんとか、そういうやつやろ」

強い調子で高原くんは断定した。恐竜より前のこと、とは思ったが、どのくらい前かはわからないので、

「ああ」

と曖昧に同意した。食堂のほうへ歩きかけた。

「山田さん」

高原くんが呼んだので振り向いた。

「今日、カエルみたいやぞ」

高校はなにを着て行ってもよかったので、わたしはその日、黄緑色のTシャツに深緑色のハーフパンツ、そして黄緑色の靴下をはいていた。靴は黒だった。高原くんは制服を着ていた。

だいぶ人の減った食堂のカウンターで、野球部の三年生が叫んでいた。

「おばちゃん、銀のスプーンくれや。おれは銀のスプーンで食べたいんや。この木のへらみたいなんやったらいやなんや。頼むわ、銀のスプーン出してぇや、なあ、おばちゃん」

手にはスカイブルーのアイスクリームのカップを持っていた。あの木の味が嫌いなんやろな、とわたしは思った。

「うわ、ありがとう、おばちゃん。めっちゃうれしいわ。銀のスプーンでアイス食べれるやん」

彼の声は、食器を洗う音が響く食堂の中でも、はっきり聞こえた。端に座っていた三年の女の人たちがずっと笑っていた。

食堂前のスロープの柵に腰掛けて、バニラアイスを食べた。四角いアイスが棒にさっている形状だった。銀色の紙を剝いた瞬間から、表面が溶けて滴った。甘い、よく知った味だった。

「溶ける」

「山田っち、遅い」

リコのアイスはもう棒だけになっていた。銀のスプーンの人と同じスカイブルーのカップを木のスプーンですくっているひばりちゃんももうすぐ食べ終わりそうだった。わたしもカップにすればよかったと思った。スロープの前は裏門で、格子の向こうはバス通りだった。干からびた熱い道路を、大型トラックが熱風を巻き上げて走っていった。道路の向こう側の中華料理屋の赤い暖簾《のれん》が揺れた。

「北島くんのつき合ってる子、見た」

リコが言った。入学当初から真下の教室の北島くんがかっこいいと騒いでいた。が、中学からつき合っている子がいると、先週聞いてきた。隣の駅の女子校に行っているらしい。

「どんな子？　かわいい？」

「うーん。男好きのする顔、っていうの？」

アイスの棒を指揮棒みたいに振りながら、リコは言った。棒には「当たり」と焼き印が捺《お》されていたけど、リコはまったく気づいていなかった。

「男好き」

ひばりちゃんとわたしは、オウム返しに言って、その言葉の意味する形状をなんとなく受け取れはしたものの、はっきりと事例を思い描けるほどではなかったので、それ以上なにも言えなかった。

予鈴が鳴ったので、わたしたちは歩き出した。ひばりちゃんが言った。

「わたし、歌手になろうかな」

新しいクラスになって配られた自己紹介の「将来の夢」の欄には、ひばりちゃんはイルカの調教師と書いていた。わたしは小説家。リコは公務員。

「なに歌うの？」

「一生忘れられへんような歌」

ひばりちゃんは即答した。

「ひばりちゃんて歌得意なん？」

「練習する」

「実はわたし、ピアノ弾けるねん」

「おおー」

わたしたちは直射日光を散々浴びて温度の高まった四階の非常口の扉を開いた。

窓から中庭を見下ろしていると、数学の先生が体育館のほうから斜めに歩いてきた。一日のほとんどが日陰の中庭だけはかろうじて昼過ぎでも涼しかった。先生は、四角い紙包みを大量に積んだ台車を押していたので、その車輪のたてるごうごうという音が両側の壁に跳ね返って、向かいの校舎の別の窓からもわたしと同じように注目している人がいた。

先生が四十歳でも四十五歳でも、わたしにはあんまり違いがなかった。そして、先生が意気揚々《いきようよう》と黒板に描く数や式やグラフは、わたしにはほんの僅《わず》かな表面しか、わからなかった。だけど数学が嫌いだと思ったことは一度もなかった。知らないことを、知りたかった。わたしは先生のフルネームを思い出してみた。今までその名前と同じ発音の人を二人知っていた。先生は俯《うつむ》いたまま渡り廊下を越え、さらにもう一本の渡り廊下も越えた。

向き直って反対側を見た。教室と廊下とを仕切る窓は全部開いていた。廊下の窓も全部開いていた。そこに、棕櫚の天辺の葉が見えた。さっき一階で根本を見た、棕櫚の葉の天辺だった。

自転車で坂を上った。コンクリートミキサー車に轢《ひ》かれそうになった。後続もミキサー車だった。橋の手前の信号脇に中途半端に残ったなにも植わっていない植え込みの跡があり、そこに落ちていたボルトをおっちゃんが拾って、見て、また捨てた。

# ナナフシ

薄暗いほど木の茂った山を上っていった先に、病院があった。本館から長い渡り廊下でつながった病棟は、集会室を中心に放射状に四つの棟に分かれていた。周りは雑《ぞう》木林《きばやし》に囲まれていた。

「あんた、また来たんか」

病院の玄関ホールで整列したとき、先生が言った。大阪からいっしょに来た大人たちのことを、先生、と呼んでいたけど、市役所の人なのか保健所の人なのか、それともほんとうになにかの先生なのか、知らなかった。十人ぐらいいて、みんな先生だった。

「なんで？　なんでみんなけえへんの？」

「先生らは、みなさんの病気が治ってほしいと思ってこのキャンプを開催してるし、みなさんにもうこのキャンプに来なくていいように元気になろうという気持ちを持ってほしいです」

ジャージを着た女の先生が言った。十歳のころは、人の年齢を考えたりしなかった。

「すいません」

わたしは笑って頭を下げた。

病院には、病院の先生がいた。白衣を着ているほうの先生。

すぐうしろに座っていた女の子に聞かれた。春川、と胸につけた丸い名札に書いてあった。

「去年も来たん？」

「うん。その前も、全部来てる。五回目」

「なにするん？」

「腹式呼吸とか、そういうやつ」

「へー」

真新しい本館をいちばん奥まで行くと、渡り廊下があって、そこから建物は急に古くなった。渡り廊下をまっすぐ進んで、食堂らしい建物を抜けてさらに奥の渡り廊下の先の病棟が宿泊場所だった。

円形の集会室は、五つの廊下と六つの窓に囲まれていた。本館につながる廊下の横に黒板と掲示板があって、数字とアルファベットが並んでいた。薬と時間を表していた。集会室のベンチに座っている男の子がいた。まっすぐ伸ばした腕を、膝《ひざ》と肩のあいだのつっかえ棒みたいにして、必死で呼吸していた。彼は、ほんとうにここに入院している患者で、四日間だけ居候《いそうろう》するわたしたちとは比べものにならないくらい重症なのは一目でわかった。こういう場所に初めて来たらしい春川さんや他の子たちは、不安と遠慮の混じった目で彼をちらちら見た、というか見ないようにしていた。

渡り廊下とちょうど反対側にある棟のいちばん奥が、わたしたちの部屋だった。左右に三台ずつ、白いベッドが並んでいた。ベッドの頭が接している白い壁には作りつけの白い棚があった。わたしは窓際で、春川さんが真ん中、廊下側が高橋さんだった。春川さんは背が高くて髪も長くて、中学生みたいに見えた。

「漫画みたい」

空っぽの棚に少ない荷物を並べながら、春川さんが言った。高橋さんも、なんとなく浮かれていた。

「全寮制のなんとか学園」

「似たようなもんちゃう」

巨大な台風が来て学校から帰れなくなってみんなで学校で暮らす、ということをよく思い浮かべていたから、わたしも楽しかった。エタノールのにおいも好きだった。

「山田さんて、毎年来てるんやろ。病院ばっかりで楽しい?」

「最初のほうは、旅行で行くとこみたいなとこやったで。小学校入る前の春休みは保護者同伴やってん。そのあとは一人参加で、二年と三年は林間学校で行ったとこと似てた。去年から病院になって、こういうとこのほうがあんまり来られへんからおもしろいやん。入院気分で」

「公害認定」と書いてある手帳を持っていたから「転地療養」に行けた。タダで旅行に行けるのになんで希望者が殺到しなくて申し込むと必ず行けるのか、不思議だった。他の、学校や子供会の行事は嫌いで、どうやって休もうか考えるのに必死で数日前から風邪をひく努力ばかりしていたのに、この「旅行」だけは毎年楽しみだった。たぶん、一人だし、誰も知っている人がいないから。

「入院したことある？」

春川さんが聞いた。

「ない」

「わたしある。脚折れてやったけど」

「へえー」

わたしと春川さんは、高橋さんが指差した左足を覗き込んだ。脛に、縫った傷跡が斜めに走っていた。

「四時に集会室に集合してください」

スピーカーから、先生の声が聞こえた。床は木で、古びて端が反っていた。

夜は闇で、部屋の電気を消すと窓の外には何も見えなくなった。網戸の向こうから、虫の声が聞こえた。鳥か動物か、わからないけど管楽器と似た鳴き声もした。廊下の白い電灯が、磨《す》りガラスの窓を通して差し込んでいた。巡回する先生の影が、ときどき天井に映っていた。

とてもいい天気で、空は全部青かった。坂道を上っていくと、中学校があった。グラウンドは野球場みたいな広さで、塀もなかった。白い砂が眩しいのが、暑さをいっそう鮮明にしていた。

「こんなに広かったら、なにに使うんかなあ」

腰掛けたプールサイドから金網越しにグラウンドを見て、高橋さんが言った。みんな大阪市民だったから、広い学校に行っている人は誰もいなかった。灯りが輝くのが夜だと思っていたから、暗い夜も怖かった。

「膝を伸ばしてー」

プールの中にいる「先生」が声を上げ、ホイッスルが吹かれた。わたしたちの足先から水しぶきが作り出された。反対側には男子が並んでいた。男の子は七人しかいなかった。長いホイッスルが鳴り、わたしたちは水に入ってプールの中をぐるぐる回り始めた。前を行く春川さんが言った。

「わたし、ソフトボールやってんねん」

「ピッチャー?」

「セカンド」

「山田さんはクラブ入ってる？」

「動くの苦手」

「わたし、水泳やってんで。バタフライできる」

高橋さんが自慢した。別の部屋の女の子が振り返った。

「すごい」

水面に、蜂《はち》の死骸《しがい》が浮いていた。蜂は水流に乗り、中心部へと揺られていった。


お昼ごはんの後で集会室を通ったら、昨日と同じ男の子が同じ椅子に座って、今日は上半身裸でもっと苦しそうに肩を上下させていた。肩はいかり、肋骨が変形してみぞおちのあたりが膨らんでいた。吸入器を持った看護師さんが、横に座っていた。

部屋に帰ってベッドの上で飛び跳ねながら、高橋さんがつぶやいた。

「わたしもあんなふうになるんかな」

「あの人は、入院するぐらいやし」

春川さんは、棚の扉の裏につけられた鏡を見ながら三つ編みをやり直していた。

「そうやんな」

高橋さんは跳ねるのを止め、

「トランプ持ってきてん。なんかする？」

と言った。天井近くに取り付けられた扇風機が左右に首を振っていた。山の中だったから、全然暑くなかった。


晩ごはんの前に集会室に集合して、全員で腹式呼吸の練習をした。毎年やっているから、退屈だった。吸って吐いてー、吸ってー、吐いてー。今はこんなに簡単な、退屈なことが、できないときがあった。春川さんにも高橋さんにも、ここで同時に吸ったり吐いたりしている人たちにとっては、いくら練習しても、そのときが来れば難しかった。吸うのも吐くのも。このまま死ぬのかも、と思っていた。真っ黒い広がりが、すぐそばで口をあけていた。昼間いた入院中の男の子はいなくて、別の女の子が黙って本を読んでいた。


「あと五分で消灯です。準備はできましたか」

壁のスピーカーから声が響いた。

「トイレ。ついてきて」

春川さんが言った。部屋の反対側の列の三人もいっしょに行くことになり、六人で足音がぼこぼこ響く廊下を歩いて集会室に出て、それから隣の棟のいちばん果てにあるトイレに辿り着いた。三つしかないので、春川さんと高橋さんともう一人の女の子が先に入ることになった。高橋さんがドアに手をかけて開きかけた。

「あっ」

春川さんは、その短い言葉のあとは息を止めた。全員が、春川さんが見ているところを注目した。高橋さんが手をかけているドアの、そのすぐ内側のところに、細くてとても長い、見たことのないたぶん生き物が、くっついていた。

「うわあああ」

春川さんが飛び退き、別の女の子が叫んだ。反動で静寂が訪れた。わたしと春川さんは、恐る恐る白いドアに近づいた。茶色い棒のようなものから、針金みたいな長い足が左右に伸びていた。胴体の長さは三十センチ以上あった。

「ナナフシ」

わたしは言った。

「ほんもの、初めて見た」

「なにそれ」

「こんなおっきいもんなん?」

「山の中やし、虫はなんでも大きいんちゃう?」

「咬めへん?」

「全然動かへんで」

叫んでから完全に停止していた高橋さんがやっと立ち直り、とてもゆっくりと、なるべく手以外のところを動かさないようにして、ドアを少しずつ押した。

「飛べへん？」

「わからへん」

一分ぐらいかかって、ドアは完全に閉じた。わたしたちは、その隣の個室も避け、手前の一つに順番に入った。廊下で先生に、遅い、と言われた。

二晩目も三晩目も、夜は闇だった。虫と鳥と動物の声がときどき聞こえた。一年ぐらいここから帰れなくなってもいいな、と思っていた。昼間プールに行ったあの学校に行って、小さい棚の中の荷物だけで生活する。だけど暗いのが怖いから、長くはいられないとも思っていた。

三日目の午後の自由時間、わたしたちはノートに住所を書きあった。前の年も、その前の年も、そうしたから、手紙が来ないことを知っていて、でも手紙を出すと言った。

六年生の夏休みも案内は来たけど、行かなかった。先生ががっかりすると思ったから、というのがほんとうの気持ちかどうかはわからない。

秋に春川さんから手紙が来た。返事は書かなかった。

## スウィンドル

わたしの街には川が流れていた。無数の自転車が沈んでいた。水が黒く濁っているから、沈んだ自転車は見えなかった。底からわいた気泡が弾けて、晴れた日でも小雨の日みたいな波紋が水面に絶え間なく浮かんでいた。

川には賑やかな橋が架かっていた。戎橋《えびすばし》という名前だった。通称で呼ぶ人もいたが、その呼び方は嫌いだから一度も言ったことはないし、ここにも書かない。

戎橋。に向かって歩いていた。大黒橋のたもとには段ボールと元はなんだったかわからない細い鉄格子でできたハウスがあり、住人のおっちゃんが犬を飼っていた。犬は虎みたいな柄だった。何と何が混ざればああいう犬になるのか、教えてほしかった。鼻先の黒い痩《や》せた犬はいつも鉄格子に前足を掛けて、外へ出ようとしていた。ゼブラ、と勝手に名前をつけていた。短い横断歩道を渡ると、ラブホテルの前で水撒きをしていたぼんやりした顔のにいちゃんに水を掛けられた。クリーニング代、と言ってにいちゃんは千円くれた。千円札はなぜか新札だった。夏だったから、すぐに乾きそうだった。

とてもいい天気だった。午前中だから、人は少なかった。

御堂筋《みどうすじ》を渡って道頓堀《どうとんぼり》に入るころには、青空があまりにも美しいし、夏の朝はさわやかだし、難波に来たのも楽しかったから、浮かれてなんでも輝いて見えた。解体命令を出されたまま使われ続けている古いビルの一階の洋服屋に並ぶ原色のTシャツも全色ほしいような気持ちになった。十七歳だったから、そういうことは度々あった。すべてが正しい気がした。

戎橋の薄茶色のタイルと灰色のコンクリートの境目も鮮やかに見えた。ごみがたくさん落ちていた。楽しいから別によかった。待ち合わせしたキリンプラザの前を見ると、五、六人が集まってなにかを覗き込んでいた。橋の上ではたまに自作の物を売ったりギターを弾いたりしている人がいるから、その一環だろうと思って近づくと、人の隙間にリスが見えた。小さいシマリスだった。

「わあ」

カップルの女のほうが声を上げた。その足下に女の子が座っていて、肩にシマリスが乗っていた。じっとしていて、たまに反対側の肩へと素早く走って戻ってくる。落ちない。

「かわいい」

別の女の人が言った。リスを肩に乗せている女の子は、見物人たちの賞賛には応えないで、絵を描いていた。折り曲げた膝にスケッチブックを立て、色鉛筆で目の前の景色をなぞっていた。

「笹野さん」

見物人たちのあいだに割り込んで、わたしは声を掛けた。

「あ、ども」

笹野さんは金髪に近い栗色でくるくるした短い髪を揺らして、軽く頭を下げた。髪はリスの毛よりも明るい色だった。笹野さんは最小限の返事のあとは、またスケッチブックと目の前とを真剣に見比べながら、白くて細い指を動かし続けた。飽きた見物人から離れていき、また別の人がこっちを覗いたり立ち止まったりした。

「それ、笹野さんの?」

中腰になって、わたしはわかりきったことを聞いた。すぐ横に立っていたおじさんが、わたしのほうを窺うように見たのがわかった。リスの知り合い。

「そうです」

笹野さんはちょっと笑ったけど、顔は上げなかった。握った色鉛筆から延びる青い線が、建物の輪郭になっていった。笹野さんは二年生だけど、美大を受験するひばりちゃんやムラさんが取っている美術の夏期授業のクラスになぜかいて、美術室でいつも絵を描いている。

「名前、なんていうの？」

「シマコ」

シマコの首には首輪がついていた。とても小さな赤い首輪からは鎖が延びていて、笹野さんのジーンズのベルトにつながっていた。

「シマコ」

わたしは繰り返した。笹野さんはなにも言わず、鉛筆を持っていないほうの手をときどきリスのほうに持っていくと、リスは鼻先をその指に近づけた。

「わたし、ひばりちゃんとここで映画見るねん。待ち合わせしてて、って言うても一時間後やけど」

「そうですか。わたしもう帰るから、島野さんにまた学校でって言うといてください」

丸い大きな目で笹野さんはわたしを見上げた。リスはその肩に座り、前足を口のところに持っていってしゃべっているみたいな仕草をした。

「うん」

わたしは一応そう言って、笹野さんがなにか言わないかと思ったけれど言わないので、頭の中で話題を探して思いつかないのでリスのことを聞くしかなかった。

「なに食べんの、シマコ」

「ひまわりの種とかですよ。こいつ、少食やからあんま食べへんけど」

「へー」

道頓堀川を挟んで建っているビルの向こうから日が差してきた。欄干《らんかん》の影が薄茶色のタイルに映って、模様になりきれない形を作っていた。キリンプラザの前の時計は音楽が鳴ったりはしなかった。笹野さんの靴は真っ赤だった。夏に似合う色だった。それと同じ色の自転車が近くに停めてあった。笹野さんはリスを籠に入れて、斜めがけにした大きな鞄の中にスケッチブックといっしょに入れて、赤い自転車に乗って次の場所に向かった。

上がり続ける気温によって温められた川からは、とにかくいろんなものが腐敗して発生した気体が立ちのぼってきた。


アセンスに行って美術書売り場で画集を「A」の棚から順番に見て楽しくなって戻ってくると、キリンプラザの前にひばりちゃんが立っていた。笹野さんもリスも見物人もいなかった。戎橋を歩く人は三倍くらいに増えていた。ひばりちゃんは買ったばかりの水色のボーダーのTシャツを着ていた。

「さっき、笹野さんに会うた」

エレベーターの中で、わたしはひばりちゃんに言った。

「そこで、リス連れて絵ぇ描いとった」

エレベーターには、もう一人、男の人が乗っていた。わたしがずっとほしいブーツを履いていた。その人のは臙脂《えんじ》色だったが、わたしは黒がよかった。エレベーターが上昇する音と停まるときの音が、両方とも好きだった。ドアが開くと受付の前には三人くらい並んでいた。

「絵ぇめっちゃうまいし、なんていうか自由やな、あの子」

「自由すぎて、落ち込む」

ひばりちゃんが言った。笹野さんに会ってからずっと自分の中にあった気持ちが確定した。

「うん。そうやんな」

「あんなふうになれる子が、ほんまにおんねんなーって、見せつけられる。とにかく絵が……あんな絵が描けるって……」

「そうやんな」

わたしは繰り返した。校舎の一階の美術室の油絵の具で汚れた扉や机。ひばりちゃんの色彩構成の画用紙。ムラさんが描いていたポカリスエットの缶。普通のポカリスエットの青色とステビアのエメラルドグリーンとどうやったら鉛筆だけで描き分けられるかやってんねん、と言った。そういうのを、思い出した。黙ったままパイプ椅子を並べた会場に入ったひばりちゃんが何を思い浮かべているか、知る手段はなかった。

それから諸星《もろぼし》が来て、三人でジャニス・ジョプリンの映画を見た。ロック・ムービー特集だった。Aプログラムとか B プログラムとか、学校の時間割みたいになっている一覧表を見ながら、次はどれを見るか話し合った。ボブ・マーリィとデヴィッド・ボウイとジミ・ヘンドリックスとローリング・ストーンズと、ウッドストックの映画と、そのほかも全部見たかった。時間はいくらでもあったけど、金がなかった。だからあと一つか、無理しても二つだった。

パイプ椅子とスクリーンが向かい合う、暗幕で覆われた空間には、先週は絵と立体が並んでいた。白い壁で区切られた場所で、好きだった絵の本物を見た。白い紙に黒くて太い線が描いてあった。今はその場所にスクリーンがあって、上映開始のブザーが鳴るまでに集まった二十二人は全員同じところを見つめていた。

感動に包まれて会場を出た。外は暑かった。大阪の七月だった。北へ向かって歩いた。

「ほしいものが手に入らないとき、どうすればいいかわかる？　努力するのよ、っていうとこがよかった」

「おれも努力せなあかんな」

諸星が頷いた。信号を渡ってから、

「かわいいよな。ジャニス」

とひばりちゃんが言った。半透明のアーケード越しに差してくる真昼の光は、その光が反射した物体を柔らかく発光させていた。水の中に差す光みたいだと思った。

わたしの斜め後ろを、レニー・クラヴィッツがずっとついてきていた。キリンプラザを出たら橋の上にいて、わたしの顔を見ると頷いた。きっと、他の映画も見ろってということなんだと思った。レニーは一言もしゃべらないで、代わりに鼻歌を歌って、体を揺らしながら歩いていた。軽く動かしているだけなのに、かっこよかった。黒いサングラスには、わたしとひばりちゃんと諸星と周りを歩く人たちと商店街に並ぶ店と、全部映っていた。レニーは周防町《すおうまち》までいっしょに歩いて、今日二回目のアセンスのところでわたしたちは西へ曲がり、レニーは踊りながらまっすぐ北へ歩いていった。

夜になって、ひばりちゃんとムラさんと三角形の公園の階段に座ってたこ焼きを食べていた。タイル張りの公園だった。隣接して建つビルの青いアクリルの壁が、高い建物に囲まれた一画をぼんやり明るくしていた。交番には常に誰かが道を尋ねに入っていた。入口に地図を貼っていても、必ず中の人に尋ねた。

「山田っち、なに考えてたん？」

たこ焼きを食べ終わったひばりちゃんが聞いた。わたしは交番の横に立つ学校にあるのと似た時計を眺めて答えた。

「どうやったら、かっこよくなれるんかなって」

「ああ。それな」

ムラさんは深く頷いた。

「わたし、子どものとき車に轢かれたことあんねん」

と急に言った。

長く続く囲いの向こうは、大きな工事をやっていた。動かない重機のアームを塀越しに見上げて歩いた。


冬になって、地下の映画館で「グレート・ロックンロール・スウィンドル」を見た。レイトショーだった。階段を降りた先の小さな部屋で、正確に真ん中の椅子に座っていた。悲しい映画だった。死ぬほどかっこよかった。

最終電車で家に帰った。郊外へ向かう電車より早い時間に、すぐ近くへ向かうオレンジ色の電車はその日のうちになくなってしまう。長いシートの真ん中に座り、暗い窓の外を眺めていた。工場の照明が遠くに見えた。川を過ぎた。気分よかった。

# 赤

ベージュの長いカーテンが風で教室の内側へと揺れるのが見えていた。机の表面は茶色だった。薄い茶色、濃い茶色、斑《まだら》の茶色。みんな同じようなものなのに、それぞれの机にわざわざ差をつけてあるのが不思議だった。わたしの机は薄い茶色で、だからその表面に落ちた血が鮮明に見えた。机に跳ね返って弾けた血の滴《しずく》は、周りが王冠みたいにぎざぎざしていた。テレビで見た、牛乳の滴が作る波紋の超スローモーション映像と似てる、と思った。

もう一つ、また一つ、赤黒い滴が机に落ちた。

「あー!」

隣の席から、吉本さんの高い声が聞こえた。

「せんせー、山田さんが怪我してます」

わたしは右手で、机に落ちた血をこすった。血は、手を動かした方向に伸びた。机の上の刷毛《はけ》で塗ったみたいになった血も、手の横についた血も、すぐに赤茶色く変色して乾いた。生温い風が、カーテンのあいだから吹き込んできた。その度に、長く重いカーテンは昆布みたいに揺れた。

「せんせー」

吉本さんが教室中に響く声で、わたしを殴った相手の名前を先生に言った。先生はわたしと机を見に来た。

「だいじょうぶか」

「だいじょうぶです」

わたしは俯いたまま答えた。視界に入っているのはカーテンと机と自分の手だけだった。鼻を押さえていた左手の指の隙間からも、血が落ちた。視界の中に、ティッシュを差し出した吉本さんの手が入った。白くて爪の短い手だった。

「保健室行くか」

「いいです。ただの鼻血ですから」

「吉本が言うたことはほんまか」

わたしは答えなかった。吉本さんがくれたティッシュはすぐに赤く染まった。目と鼻の奥のじんとした痛みが、殴られたせいなのか血が滲《し》みているせいなのか、わからなかった。また別の女の子が、ティッシュを持ってきた。机の上に、ポケットティッシュが積まれていった。

「おい」

先生が、わたしを殴ったやつを呼んだ。呼ばないで自分が行けばいいのに、と思った。近寄らないでほしい。先生は聞いた。

「なんでこんなことするんや」

そいつは、山田がこういうことやああいうことをしたから、と言った。先生はそいつに、山田に謝りなさいと言った。そいつは一応謝るようなことを言った。先生がもうやってはいけませんと言った。ほとんど同じやりとりが今までにもあって、今日で五回目ぐらいだった。それで授業が始まった。

血が喉《のど》に流れてくるから上を向いてはだめだ、と漫画で読んだばかりだったから、下を向いていた。赤い塊になったティッシュが三つできたところで、やっと血は止まり始めた。上を向かなかったのに、口の中は血の味がした。鉄の味に似てる、と思ってから、鉄なんかいつ食べたんだろうと思った。

隣の吉本さんの机の横には、ランドセルがかかっていた。ランドセルの赤は、血の色に似てると思った。不透明な、赤。

昼休みには、固まった血が鼻から落ちてきた。指で潰すとさらさらした砂みたいになって、血じゃないみたいに軽かった。わたしを殴ったやつが帰り道でまたわたしを殴ると何回も言っていて、だから吉本さんたちが三、四人でいっしょに帰ってあげるからと言いにきた。

わたしはひたすら掃き掃除をしていた。掃くのが好きだからで、箒が作る砂の模様が好きだからだった。窓側にはようやく日が差さなくなって、カーテンは全部開けられた。窓も全開になった。見えるのはブロック塀だけだった。そこから、ぬるい空気が塊みたいに教室の中に押し寄せてきた。これからまた暑くなる、みたいなことは、そのころはまだ思わなかった。十一歳だった。今日が寒いか暑いか、それだけだった。その日は暑くも寒くもなかった。晴れと曇りの中間ぐらいだった。

掃除当番じゃない女の子たちが、床板をどたどた鳴らしながら教室に転がり込んできた。お互いに腕を取ったり肩を組んだりして、とても楽しそうだった。教室のうしろに集められた机にもたれて、なにか内緒話をしあったあとで、そのうちの二人がわたしのところに近寄ってきた。

「山田さん」

わたしは箒の竹のところを握ったまま、顔を上げた。うしろの壁の上のほうには、読書感想画が貼られていた。大きな船が難破する場面が、それぞれの形と色と角度で繰り返し描かれていた。下のほうには、忘れ物表があった。全員の名前が書いてあって、忘れ物を一つするごとに、男子は青いシール、女子は赤いシールを一つずつ貼る。青いシールの棒グラフはいくつかが高層ビル街のように伸びていて、赤いシールのほうは数が少なかった。女子の表の中に、二本だけ赤いシールでできた棒が伸びていた。一つは、わたしのだった。山田だから、端から二番目。

壁際のロッカーの上には水槽があってグッピーが泳いでいた。

「山田さん、あのな」

二人の目はわたしのとても近くにあって、見開かれていた。真ん中の黒いところがきゅっと縮まり、その周りの焦げ茶色のところにある粒々がくっきりと見えた。

「赤城っちにみんな明日誰の家行くか知ってるって聞かれても、知らんって言うてな」

片方の子がそう言うと、もう片方の子が笑った。

「もともと知らんし」

わたしは答えた。ほんとうは、そのうちの一人の子の家で班研究をするのは別の子に聞いて知っていた。二人は、顔を見合わせてなにか相談した。

「じゃあ、知ってるけどあんたには教えられへん、って言うてな」

「知らんのあんただけちゃう、って」

女の子たちはまた賑やかに教室から出て行った。五分ぐらいして、反対側の入口から赤城さんが入ってきた。教室を見回して、わたしのほかは男の子だけだったから、わたしのところへ来た。

「みんな、どこ行ったか知らへん？」

「わからん」

わたしは答えた。話しかけてほしくなかった。昨日、わたしもみんなといっしょに悪口を言っていたのがばれている気がした。赤城さんは不安そうな目で教室を見渡した。四角い教室には四角い窓があって四角い黒板があって四角い机が並んでいた。赤城さんは教室のうしろの壁をちょっと見た。忘れ物表の女子の欄で、わたしの他にもう一本あるシールの棒は、赤城さんのだった。赤城、だからわたしと反対の端のほう。

「明日、みんな誰の家に行くって言うてたか知ってる？　みかちゃんちって聞いてんけど、ほんまかな？」

わたしが知っていたのは別の子の家だった。

「さあ、わからんわ」

わたしは言った。嘘をついた。赤城さんは、わたしがなにか言うのを待っているみたいで、黙って箒の先を見ていた。わたしが目を逸らして箒を規則正しく動かし始めて、それが止まらないことを知ると、赤城さんは教室を出て行った。先に出て行った女の子たちと反対の方向に、赤城さんの姿は消えた。

「学級委員のくせに」

顔を上げると、窓を拭いていた清水がわたしに向かって言った。

「嘘ついてええんか」

「ええことないんちゃう」

わたしは答えて、ちりとりを取りに行った。戻ってくると、清水がまだこっちを見ていた。

「何時？」

わたしは何を聞かれているのかわからなくて、黒板の上の時計を指差した。清水は首を振った。

「おれ、あれって時間わからんねん。デジタルじゃないと」

「へえー」

と感心してから、わたしは清水に時刻を教えた。十二時五十五分だった。

吉本さんたちは言った通り帰り道に同行してくれた。だけど無駄だった。いきなり背中を跳び蹴りされて、駐車場に転がった。灰色のコンクリートが目の前に迫ったとき、灰色の表面の刷毛《はけ》の跡まで鮮明に見えた。擦り剝いた手を蹴られた。起きあがりかけたら、昼間と同じところを殴られた。二度目を避けようとして、頭を殴られて、また背中を蹴られた。小石の刺さった膝と手が痛んだ。手首と肘に血が滲んでいた。血が出なければいいのに、と思っていた。なんの役にも立たないのだから。吉本さんたちは、またティッシュをくれた。そして、やめたりいや、なんでそんなんすんのよ、なども言ってくれた。

駐車場の隣は、同じクラスの子の家だった。玄関先に出ていた、顔見知りのおばちゃんが、こっちの騒ぎに気づいた。

「あらあら、けんかはだめよ。子どもはほんま元気でええねえ」

と言う声が、聞こえた。吉本さんが、あほちゃうか、あのおばはん、と言ったのも聞こえた。

公園の水道で、傷口を洗った。滲みた。鼻血が出ない代わりに前歯の上が切れたので、口をすすぐと薄茶色の水が砂利を固めたセメントの枠に落ちた。

「だいじょうぶ?」

女の子たちが聞いた。

「だいじょうぶ」

わたしは答えた。ほんとうに、そう思った。ただ痛いだけだった。それに、誰も助けられないっていうことも知っていたし、こういう目に遭うのは、単純にわたしがそいつより腕力がないからだということも知っていた。それ以外に、なんの理由もないって、知っていた。

早く終わればいいと思うだけだった。

近くのブランコでは、下級生が一回転しそうな勢いで思いっきり漕いでいた。錆びた鎖がきいきい鳴っていた。赤錆色の鎖の冷たい手触りが自分の手にも蘇《よみがえ》ってきた気がして、そのとき、あの錆と血が同じ鉄の味だとわかった。

公園の向こう側の道を、赤城さんが一人で歩いていくのが見えた。赤城さんに気づいたのは、ほかに誰もいなかった。わたしだけだった。

吉本さんが言った。

「疲れたんちゃう？」

「まあまあ」

わたしは答えた。


九階の廊下から、太陽が沈むのを見ていた。太陽は、生駒山から昇って、沈む場所は六甲山の端だった。ここから六甲山までのあいだにあるはずの海は見えなかった。太陽は、他にどこにもないような色で、光っていた。空気が汚れているほうが夕陽が赤く見えるって、そのちょっと前にテレビでやっていて、ここから見える夕陽がいちばんきれいだと思うのは、錯覚なんかじゃなくて事実なんだとわかってうれしかった。

太陽は平べったく、六甲山の上にくっつくと刻々と形が変わって、最後は一瞬光って、消えた。

# 終わり

中学校の廊下は石だった。濃い灰色に白い粒状のものが混じっていた。表面は光っていた。よく滑った。階段も石だった。段も、手すりも、硬くて縁は角張っていた。だからぶつかって頭を打つやつがいた。目の前で二年生の男子が血を流していたというよりは、噴き上がっていた。短い間だったけど。

すぐ近くにいた、その子と知り合いらしい二年の女子が、
「あんた、ぴゅーって出てんで。血が、ぴゅーって」
と、指差してげらげら笑っていた。おもしろい子だと思ったので名札を見た。珍しい名前だった。男子の頭から流れ落ちた血が、彼のスニーカーに滲みていった。靴は、白と決まっていた。ライン入りは不可だった。紐も靴底も何もかも全部白じゃないとだめだった。

昼休みには、教室には誰もいなかった。電気は消すことになっていたから、薄暗か

った。廊下側の窓際の席で、暇だからなんにもしていなかった。運動場から騒がしい声が聞こえてきた。冬だから、外側の窓も廊下と教室を隔てる窓も閉まっていた。音は瓶に閉じ込めたみたいな、柔らかい音に聞こえた。眠ろうと思ったけど眠たくなかったので、教科書を読んだ。偉い人の年表を探して、見た。十五歳ぐらいでも、偉い人はすでに偉大なことをしていた。まだしていなくても、すでに考えていると思った。数分で全部見終わった。昼休みはまだ二十分あった。窓の外は曇っていた。寒そうだった。ドアの近くにはストーブが置いてあった。だけどストーブがつけられるのは、午前中で、かつ、気温が八度以下のときだけだった。ドアの通風孔は、紙とガムテープで塞《ふさ》がれていた。ストーブはまだ当分つけられる予定はないので、ゴムホースは外されて壁のフックに掛けてあった。水色だった。

暇なので、鉛筆を机の上に並べた。一本ずつ、カッターで削った。うまくできた。鉛筆削りで削ったみたいだった。シャープペンシルは禁止だった。教科書とノート以外のものを持ってくるのも禁止だった。持ち物を学校に置いて帰るのも禁止だった。禁止に伴う労力を他のことに使えれば先生も楽なのに、と思っていた。わたしの鞄には、漫画が入っていた。すごくかっこいい漫画だった。

大きい音がして、うしろのドアから黒川が入ってきた。黙ったまま、わたしの斜め後ろの席に座った。そこが黒川の席で、三年になってから転校してきた黒川と近くになったのは二回目だった。わたしはそのころには鉛筆を削るのが楽しくなっていたから、次々に鉛筆を削った。削れば削るほどどんどんうまくなって、木の表面は滑らかになった。狭い教室に机と椅子が五十組並んでいて、前後の隙間はほとんどなかった。だから黒川はすぐ近くにいた。わたしの手元のカッターの刃に刻まれた折るための溝が見えるくらいの距離だった。

「ハズレ」

黒川が言った。

「おい、ハズレって。おまえのことや、ハズレ人間」

声が大きくなった。無視して、わたしは鉛筆を削り続けた。前のドアから、三人の女の子たちと二人の男の子たちが入ってきた。前のほうの机に適当にもたれて、なにかしゃべっていた。わたしは振り向かないで、鉛筆を揃えて削り屑をわら半紙の上に集めた。削り屑は一つずつ丸まっていて、木のにおいがした。

「かわいそうやなあ、派閥に入られへんって」

黒川は大きな独り言みたいな言い方をしていたが、それはたぶん前にいた女子たちにも向けられていた。わたしは削り屑を教室の前にあるごみ箱に捨てに行った。

「山田さん、なにしてたん？」

樋口さんが言った。

「外、寒そう」

わたしは言った。削り屑は、丸い缶のごみ箱の底に落ちた。

「そんな寒くないで。風はあるけど」

小山さんが言った。みんな、優しかった。

「うん、風、ありそう」

わたしは言った。席に戻って、教科書を意味なく開けて、ノートも開けて、それから順番に閉じた。時間割を見た。五時間目は音楽で、六時間目は社会だった。社会は好きだけど、音楽はそうでもなかった。教室を出て、職員室に行った。担任の先生は、自分の机の前に立っていた。忙しそうに、机に山積みになった生徒たちのノートを仕分けしていた。

「先生」

「ちょっと待って」

先生は十冊ほどのノートに赤い日付印を押していた。向かいの机には変色したプリントやノートが積み上げられて城壁みたいになっていた。その先生には直接授業を受け持ってもらったことはなかった。

「なんや」

日付印を押し終わった担任の先生が聞いた。

「しんどいので帰ります。ハンコ捺してください」

わたしは生徒手帳を開いて差し出した。先生はわたしの顔を見た。喘息《ぜんそく》はもうほとんど出なかったし、もともとこの季節には出なかったし、だけど喘息と届けてあったので、便利なことはいろいろあった。

「そうか。気いつけて」

先生は、握ったままだった日付印をわたしの生徒手帳にも振り下ろした。


予鈴が鳴った。机の上に出していた教科書やノートを鞄に入れた。そのころには、ほとんどの生徒が教室に帰ってきていた。斜め前の中島が、こっちに気づいた。

「なに、おまえ、帰んの？」

「うん」

わたしは言った。荷物を詰め終わった鞄を机の上に載せた。前のドアから、担任の先生が入ってきた。中島が大声で言った。

「えーなー、おれも帰りたいわ」

その隣の佐々木も加わった。

「ほんまや、おれも帰らしてえや、せんせー」

「あかん、あんたは元気やないの」

先生は教卓に出席簿を置いて、黒板に残っていた前の授業の形跡を消し始めた。

「なんでえや、山田も全然しんどそうちゃうやん。先週も帰ってたし。えーなー、点数稼いでたら帰れるんや。学級委員やしなー」

「山田さんは病気があるんです」

先生は言った。早く会話を終わらせたいみたいだった。たぶん、わたしがなんともないのは、知っていた。

「山田、嘘つくなよー。うらやましいやんけー」

佐々木がこっちを向いて言った。佐々木はいつもおもしろいことを言って笑わせる役割なので、佐々木がそう言ったから笑う人も何人かいた。感謝したかった。黒川の声は聞こえなかった。わたしは教室から出た。五時間目の始まりのチャイムが鳴った。

風があって、道には落ち始めた葉が舞っていた。制服は目立つので着替えに帰ってから駅に向かった。家から学校と駅は反対の方向だった。環状線に乗った。今日も車両はオレンジ色だった。オレンジ色の四角い電車。

昼間だから空いていた。向かいには、マドンナが座っていた。赤いコートに赤い口紅、ほとんど白に近いプラチナブロンドのふわふわした髪。近くで見ると、びっくりするぐらい眉毛が濃かった。

「どこ行くの？」

マドンナが聞いた。

「映画ですかね」

わたしは答えた。わたしの隣も、マドンナの隣も空いていた。マドンナは網タイツの脚を組み替えた。

「映画？　なに見るん？」

「ドグラマグラ」

「あー、枝雀が出てるやつや。おもしろいらしいで、あれ」

「いっしょに行きますか？」

マドンナは大きな目でわたしを凝視した。目と目のあいだも、目と眉毛のあいだも狭くて、じっと見られているとちょっと怖かった。マドンナが座っている側の窓のずっと向こうは大阪湾で、そろそろ西に傾いた日差しが川の表面を光らせ始めていた。

「わたしは、行くとこあるから。用事がいっぱいあって、忙しい」

マドンナは煙草を出してきてくわえて火をつけた。細い煙が立ちのぼった。車掌さんが来たら怒られると思ったけど、環状線の車内を巡回に来ることはまずなかった。

わたしは手ぶらで、ポケットの中には千円札と小銭と切符が入っていた。

「わたしも、そういう髪の色にしたいんですけど」

「あんたの髪、真っ黒やから無理やと思うわ。これ、けっこう大変やで」

「そうですか」

わたしは残念に思った。マドンナの白い髪の根元には焦げ茶色が覗いていて、それもかっこいいと思っていた。

「まあ、やりたいこととか行きたいとこがあるのは、ええことや」

マドンナは言って、次の駅で降りた。歩くのが速くて、本当に忙しそうだと思った。


映画館は空いていた。いちばん後ろのいちばん端の席に座った。映画はおもしろかった。百貨店に入って、ずっとほしい地球儀を見に行った。五万円で、棚の同じところに置いてあった。わたし以外にほしい人はいないのかもしれないと思った。だからって安くはならなかった。作った人がすごいからだと思った。広い歩道橋を歩くころには暗くなっていた。人がたくさん歩いていた。一人残らず知らない人だった。誰もわたしを気にかけなかった。

どこにでも行ける、と思った。わたしはどこにでも行ける。その意志があれば。

映画で見た場面を真似して、ちゃかぽこちゃかぽこと歌いながら帰った。

一週間後に黒川は椅子を窓から投げ落とし、そのまま学校に来なくなった。だけど、たいした違いはないと思った。もうすぐ、何週か過ぎたら、みんなここの学校に来る日は終わるのだから。ここにいるのはほんの短い間だけで、自動的に終わりになるから。

五時間目は音楽で、歌を歌うテストがあった。木曜日ばっかり早退していたから、その歌を聴いたのは初めてだった。全然知らない歌だった。適当に歌ったから変な歌になった。もし歌がうまかったら、楽しいことがいっぱいあるんだろうと思った。音楽室は天井が高くて広くて他の教室よりも窓がたくさんあるから、空の上のほうが見えた。

学校を出て裏道に入ると、角のところに男の子たちが三人いた。近寄ると、角の電柱の真ん中あたりに自転車が掛けてあった。

「誰やねん、どないすんねんこれ」

中島が地面にしゃがみ込んでいた。自転車通学も禁止だった。だから自転車で来る子は、少し離れた場所で停められそうなところをいつも探していた。佐々木と島村が、自転車を見上げてげらげら笑っていた。中島の自転車を、誰が、そしてあんな高いところにどうやって引っ掛けたのか、わからなかった。隣にいた愛子もわたしも大笑いした。

「あんた、どうしたん、あれ」

愛子は座り込んで、自転車を指差して笑った。

「知らんって。あー、めんどくせー。誰かチャリ貸してくれよ。おい、いい加減笑うのやめろや」

中島は必死で言っていたけど、わたしたちは笑うのをやめなかった。

## Fever

頭上を電車が通るたびに、コンクリートの壁の全体から低い振動と唸りが聞こえた。真下、地面の下にも電車が走っていた。だけどそれは聞こえなかった。ほんの少し揺れるだけ。誰も気づかない程度に。

今は、ドラムとベースの音ばかりが響く音楽がずっとかかっているから、何がどの振動なのか誰にもわからなかった。

ステージ脇の隅には大きな木の樽《たる》がふせて置いてあって、その上に女が座っていた。黒い髪はとても長くて、髪と同じように艶のある革のライダースと革のボンデージパンツをはいていた。ブーツも黒の革だった。銀色の輪っかのピアスがずらっと並んだ耳のあたりから髪をかき上げると、剃り上げて青くなった地肌が見えた。眉毛もなかった。

「何歳か、全然わからんな」

こういう場所にしては広めのフロアのうしろの一段高くなっているところの端に並んで腰掛けていたタキちゃんが言った。

「うーん。たぶん、年上やんな」

わたしは言った。二人ともコーラを飲んでいた。氷で薄くなったコーラが、好きだった。コーラの中の氷が好きだったのかもしれない。細かく砕いた氷じゃなくて、透明のつるつるした塊。

「おなか空いた」

「なんか食べてきたらよかったな」

「眠たい」

「まだかな」

足下を見た。細かいひび割れのあるコンクリートの床は、接着剤を塗ったみたいに光った灰色をしていた。煙草の吸い殻とビールの空き缶が転がっていた。客、と言っていいのかどうかわからないけど、観に来ている人はまばらだった。

「おなか空いた」

頭の上から声が聞こえた。振り返った。ひばりちゃんがトイレから帰ってきて、柵にもたれていた。

「なんか食べてきたらよかったかなって」

「時間って、いっつも中途半端やと思わへん？　なにするにしても」

「人生のうちで、待ってる時間ってどれぐらいあると思う？　電車とかバスとか待つし、映画始まるのも待つし、人がけえへんくても待つし」

「始まるの待ってるのはいいけど、終わるの待ってるのがもったいない気がする。テストのときとか、自分が終わったら帰ってもええと思うねん」

わたしはそう言ってコーラを飲んだ。ただの甘い水みたいだった。つられてタキちゃんも飲んだ。ひばりちゃんはとっくに全部飲んだあとだった。

樽の上に座っている女の隣に、もう一人似たような女が増えた。その人も銀の鋲《びょう》がいっぱい並んだ革の服を着ていて、髪は全部剃っていた。地獄にいる神さまの一種みたいなアイラインで目を囲んでいた。ステージの脇の黒いカーテンのところから、「有田くん」が出てきた。タキちゃんの友だちの兄で、違う学校の二年か三年か、よく知らなかった。今日、初めて見た。甘ったるい童顔で、金髪の髪をいがいがに立てていて破れた白い長袖Tシャツというごくオーソドックスな格好をしていた。安全ピンとかユニオンジャックとか、そんなもん。

有田くんは、黒革シスターズに気づいて軽く手を振りながら樽に近づいた。黒革シスターズは愛想よい笑顔を有田くんに向け、三人でしばらくなにかしゃべっていた。そのうちに有田くんがタキちゃんにも気づき、こっちに向かって手を上げたあと、指差して黒革シスターズにわたしたちのことを説明してるみたいだった。黒革シスターズは、わたしたちにも黒い唇で微笑みかけた。

床は冷たかった。冬だった。雪が降ってもいい日だった。だけどわたしたちの街ではそんな日は、一年に一回あるかないかだった。だからその日もただ寒いだけだった。ステージには最初のバンドが出てきて、インドの楽器を弾く人を真ん中にして、オルガンを弾いたり太鼓を叩いたり踊ったりしていた。楽しかった。いい人たちだと思った。わたしたちも前に行って、ほかのお客さんたちといっしょに揺れたり踊ったりした。

それが終わってまたフロアが明るくなって、樽のそばにいたわたしに黒革シスターズの髪の長いほうの人が話しかけてきた。上のほうの髪をゴムで留めて、両サイドの剃り上げた部分を露出させていた。色が白くていいな、と思った。

「何歳なん？」

「十六です」

「一っこ違いやん。おぼこいな、あんたら」

「よく言われます」

「わたし、今日熱あるねんやん」

彼女は、口の端を上げて笑った。歯並びもよかった。髪を触った指には、鎧《よろい》みたいな銀色の指輪があった。わたしは、ずっとその指輪がほしかった。でもどこで売っているのか知らなかった。彼女は、微笑んだまま言った。

「三十九度やで。めっちゃしんどいわ」

「だいじょうぶですか?」

「だいじょうぶちゃうって」

彼女は声を出して笑った。もう一人の坊主頭の女の人は、入口近くのベンチで寝転がっていた。彼女も熱があるのかもしれなかった。

有田くんたちのバンドの演奏が始まって、やっぱりオーソドックスに無政府主義者とか神が女王を守るとか栄光をつかむとか歌う歌を演奏した。そのあいだに、サイドを剃った長髪の女の人は何回もわたしに体当たりしてきた。縦に跳んだり頭を振り回したり横に跳んだりしていて、ときどき、わたしに向かって体の全部をぶつけてきた。痛くはなかった。熱がある、と思った。その人の体の熱さが、革の向こうから照射されていた。しばらくわたしのほうには来なかったので油断していたら、坊主頭の女の人に背後から飛びかかられた。わたしもぶつかり返した。楽しかった。

帰りにタキちゃんとひばりちゃんと、歩道に停まっていた屋台でラーメンを食べた。屋台でラーメンを食べるのは三人とも初めてだったのでおもしろかった。五分も間をあけることなく、電車が走る音がした。幅の広い高架の先はターミナルで、どの電車もそこで行き止まりだった。しばらく止まって、もと来たほうへまた走っていった。どの電車も全部南へ向かっていた。

「寒いな」

タキちゃんが、醤油《しょうゆ》を薄くした色のスープをすすった。

「さっきの人、熱あるって言うてたけど、うつされたらどうしよ」

わたしが言った。

「めっちゃ元気やったやん」

ひばりちゃんが笑った。赤いコートが屋台の電球に照らされていた。高架の向こうには、大阪球場が見えた。冬だし夜だから、誰もいなくて暗かった。

「ギター弾けるようになりたい」

タキちゃんが言った。

「わたしも」

と、わたしとひばりちゃんが同時に言った。

だけど誰も練習しなかった。ずっと。

次の週の同じ曜日に雪が降った。珍しく積もって、昼を過ぎても白いところが残っていた。

昼に、来客用玄関の横にある公衆電話から、タキちゃんに電話した。半分だけ開いた正門が見えた。学生服の上からコートを羽織った三年生たちが出入りしていた。

タキちゃんは自分の部屋で、ほとんど泣いていた。

「もう、なんで今日なんよ。ほんまにめっちゃ行きたいねんけどな、だって、この日を前からめちゃめちゃ楽しみにしてたのに、この日のためにがんばってきたのに」

「うん。知ってる。どんな感じ？」

「三十九度やで、三十九度。そんなん今まで出たことないのに。這《ほ》うてでも行きたいねんけどな、朝から何回も吐いてるからな、それで行ったら迷惑かけるやろ。だからあきらめるわ」

鼻をすする音が、重い受話器の向こうから聞こえた。ベージュの公衆電話の中へ、十円玉が落ちる音が聞こえた。わたしはポケットの中の小銭を数えた。ガラス越しに見える事務室では、職員の人がテレビで遠い国の戦場の映像を見ていた。その向かいに座っている人は、お茶を飲んでいた。湯気が、見えた。

「わたしは断念するから、山田っち、行ってきて」

「うん、どうしよ」

正門の前の陽の当たっているところを、鳩たちが歩き回っていた。わたしは結局その日は監督の舞台挨拶《あいさつ》のあった映画を観に行かなかった。


学校から、歩いて帰った。学校と家のあいだには、川があった。川には歩道からまっすぐ渡れる橋はなくて、高速道路の高架下にへばりついたとても長い歩道橋を歩いた。川の両岸には、錆びた鉄がたくさんあった。車の形を残していたり、大きな歯車を組み合わせたような形だったり、鉄骨だったり、ドラム缶だったり、ボルトだったりした。どれも、これから使われるものなのか、使い終わって捨てられているのか、区別がつかなかった。

わたしは反対側からぞろぞろ歩いてくる別の高校の生徒たちと次々にすれ違った。向こうからこっちへ渡ってくる生徒はたくさんいるけど、こっちから向こうへ行くのはほんの数人だけだった。朝は、逆向きに。

狭い橋から柵のはるか下の川岸を眺めて歩いた。いろんな形の鉄の陰や、小型のクレーンの陰や、雑草の生えたコンクリートの隅に、まだ雪が少しだけ残っていた。深緑色の川面は、ぴったりと静止して、どっちに向かっても流れていなかった。

次の週の同じ曜日に、全快したタキちゃんとひばりちゃんと藤岡と、「鉄男《てつお》」を観に行った。梅田から東に向かって歩いて、扇町《おうぎまち》ミュージアムスクエアに行った。帰りは西に向かって歩いたので、梅田の中心の高層ビルがずっと先に見えていた。もうとっくに夜で、ビルに並ぶ窓が光っていた。

「かっこよかったなあ」

藤岡が言った。

「ぎゃー」

タキちゃんが言った。タキちゃんは映画が終わって明るくなってから、ごおーとかがーとかきーとか、そういうことしか言えなくなっていた。しかも、言い続けていた。

「目が疲れた」

ひばりちゃんが言った。

「楽しい」

わたしが言った。映画はかっこよかった。鉄の塊。

雪の日の朝、窓から外を見たら白くなっていて、白以外のところは全部黒に見えた。黒く硬い鉄みたいに見えた。

「ぎゅいーん、ごりごり」

タキちゃんが、さっき見た映画の場面を解説し始めた。すれ違った会社帰りのおっちゃんが、わたしたちのほうを振り返った。でもきっと、近くの店の前のライトのせいで逆光になって、わたしたちは真っ黒い影にしか見えなかったと思う。

地下街に降りて、映画がおもしろかったお祝いをしようということになり、みんなでうどんを食べた。地下街は、隅々まで明るかった。

## フィッシング

街には坂がなかった。坂があるところは橋だった。坂を上るということは、そこに川があるということだった。川を越えるたびに、自転車の重いペダルを踏み込んだ。予備校に行くまでには、二回、川を渡らなければならなかった。ひとつ目は二本の川が交差する四つ辻みたいな箇所だから、橋は高く、坂は長かった。水門があった。ふたつ目は道頓堀川で、狭い川幅の両側に建つ建物は川に面した側がみんな「裏」で、誰も川のほうを見ていなかった。

広いスロープを降りて、地下駐車場の奥に自転車を停めた。警備員がいつも二人いた。狭い教室には百人も人がいて、席に座るとほとんど動けなかった。隣の席の女の子に教えられても最初は信じていなかったが、ほんとうに成績の順に席が決まっていた。左前から右後ろへ。それがローテーションで一週間ごとにずれていった。

七階の食堂には、その予備校では珍しい派手な雰囲気の子たちが六、七人、ほとんど一日中居座っていた。いちばん顔のいい男の子が、いちばん顔のいい女の子を好きだった。

「これ、ちょっと借りていい？」

顔のいい女の子が、顔のいい男の子の過去問集を引っ張った。

「ほんまにぃ？　ああー、もう、使《つこ》て使て。うれしいわあ」

と言った。顔のいい男の子は、よろこんだ。顔のいい女の子は、ちょっと笑った。

顔のいい男の子はずっと彼女のことを見ていた。彼女は勉強を続けた。ありがとう、
わたしたちはうどんを食べた。隣の席の女の子は同じクラスに高校の友だちが二人いて、その三人とわたしはごはんを食べていた。その高校の名前は知っていたけど、どこにあってどんな場所なのか、知らなかった。わたしと同じ高校の人は誰もいなかった。

午後の授業の最初は世界史で、女の先生だった。わたしは世界史が好きだった。時

間割の中で世界史は遊びの時間みたいに思っていた。

「前にね、生徒にお金持ちのお嬢さんがおって、朝から職員室に来て泣くんですわ、川のところで寝てるおっちゃんたちは、あれはなにか、と言うて」

話しながら、先生のチョークは黒板に世界地図を描いていった。一筆書きで、しゅーっと音を立てるあいだに世界ができていく。

「だからね、あんたはこれからええ大学行ってお金持ちと結婚して一生そういうことと関わりなくええ生活して生きていけるんやからいちいち泣かんでええでしょうと言うたら、先生はわたしをばかにしてるうー、ってまた泣いて」

わたしもノートに一筆書きで世界地図を描いた。スカンジナビア半島から地中海の周りを回ってアフリカへ。高校のときから描けた。今でも描ける。

予備校の中はエアコンが効きすぎて夏のあいだはいつも寒かった。


夏は終わっていた。予備校を出て、自転車に乗ってすぐにまた川がある。コンクリートの堤防にもたれかかって、釣り竿を川に向けている人がいた。そのうしろで自転車を停めた。おじさんが振り返った。ルー・リードだった。

「釣れますか?」

わたしは聞いた。

「さあね」

ルーの眉毛の下から頰骨のところまでは真っ黒い影になって、目は全然見えなかった。Tシャツもズボンもベルトも全部黒だった。

「わたし、そこの予備校に行ってるんですけど、今の自分で働いてないし、ノートに単語の練習とかしてると紙もお金も食べ物も消費してるだけや、って思うんです。もちろん一円も稼いでないですし、完全な消費者。なんも生み出してない」

「おれに愚痴《ぐち》るな」

ルーは言った。そらそうや、と思った。知らない人なんだから。ルーはそのまま少しも動かずに、湾曲した細い竿の先から釣り糸を垂らしていた。透明の糸は、ほとんど黒に近い緑色の水面のところで見えなくなった。しばらく黙っていたあと、暑いのでわたしは言った。

「あのー、前から気になってたんですけど、なんでなんかなって、人選というか、どういう基準で決まってるのか」

わたしはルーの歌が好きだったけど、ほかにも好きな人はたくさんいた。とても好きでも会わなかったし、そんなに思い入れがなくても現れる人もいた。ルーはわたしのほうを向いて、目のところが影になったままの顔で言った。

「おれたちは、皆、アメリカ人だ」

低い声。いつもCDで聞いている声だった。

「あー、なるほど」

アメリカ人。たぶんそうだと思っていた。

「わかったような気になるな」

「すいません」

「ここはアメリカでもある」

もう少し考えたかった。

「わたし、ルーさんの歌は、うれしいときでもだめなときでもどうでもいいときでも死にそうなときでも、いつでも聞けるんです。感謝してます」

「そらよかった」

ルーは言った。目のところはいつのまにか真っ黒なサングラスに覆われていた。これで周りが見えるなんてすごいと思った。ルーは竿をコンクリートの上に置いた。

「おれの詩集が出てるはずやから、本屋に行ってみたらええわ。真っ黒い本やから、すぐわかると思うし」

釣り糸はなにかに引っ張られていた。魚ではないのか、ルーは引き上げようとしなかった。

その川は埋め立てられて途中で行き止まりになっていた。行き止まりのその場所には鉄板の門扉《もんぴ》があり、その向こうがどうなっているのかは見えなかった。やっぱりここにも、捨ててあるのか泊めてあるのかわからない小さい船があった。深緑色の液体に西日が差していた。そこには大量の自転車が沈んでいると言うが、誰かが自転車を投げ込むところをわたしは一度も見たことがなかった。

自転車を押して道を歩いた。古着屋、雑貨屋、レコード屋、たこ焼き屋、スニーカー屋、新しい洋服屋、料亭、レコード屋、わたしはそこが好きだった。いつも知らない人が歩いていて、わたしも歩いているから。

角のビルの周りには足場が組まれ、三階のあたりの足場に作業服の若い男が二人立っていた。日に焼けた焦げ茶色の腕で、壁を塗っていた。左の男が、鉄板の端で軽く足を滑らせてバランスを崩した。落ちなかった。真下にいたわたしを見た。わたしは笑った。

「笑うなや」

彼は言った。金髪で、同い年か年下に見えた。

自転車で北に向かって走った。公園には鳩がいた。砂を食べていた。しばらく待っていると、友だちが三人来た。ひばりちゃんとタキちゃんとよーみんだった。

「勉強してきた？」

タキちゃんが聞いた。

「だいたいしてきた」

わたしは答えた。

「解ちゃん、久しぶりやん。元気ー？」

よーみんがわたしの頭をぽんぽんと叩いた。よーみんは背が高くて、つばの広い帽子が似合っていた。

「元気やけど暑い」

わたしは言った。ジャングルジムに登って、天辺から一段降りたところに並んで腰掛けた。ひばりちゃんとタキちゃんとよーみんは、この近くの絵を描く予備校に行っていた。わたしが行っているところと違って、建物も教室も小さかったし、席も決まっていなかった。一度行ったことがある。先生の家族もいっしょにたこ焼きを大量に作って食べた。おいしかった。先生の子供は三つ子だった。

「ひばりちゃん、今日も中原から贈り物されてたやん。なにやったん？」

よーみんがひばりちゃんに言った。黄色い絵の具がついたスニーカーの足をぶらぶらさせながら、ひばりちゃんは答えた。

「なんか、ボタンとか入ってた。意外にかわいい趣味の、馬とかチューリップの絵が入ってるやつ」

「中原にめっちゃ好かれてるなあ。つき合《お》うたら？」

そう言いながらタキちゃんはジャングルジムを降り、真ん中あたりからジャンプした。近くにいた鳩たちが驚いて飛び上がった。オフィスビルとマンションに囲まれて箱の底のような公園では、わたしたちの話し声はよく響いた。

「そうやん、毎日かわいいかわいい言われて」

よーみんは空を見上げた。四角い空は、雲で塞がれていた。

「でもなー、あんな言う割には、ちゃんとごはんとかたとえば映画とか、誘ってくることはないねんで。別に電話とかもしてけえへんし。ネタとして言うてるだけちゃうの？」

ひばりちゃんは靴下を引っ張り上げた。縞々の靴下は、わたしが気に入っている色だった。

「受験生やし、遠慮してんちゃう」

タキちゃんは向かいの鉄棒によじ登って、棒に腰掛けた。手を離しても安定していて、うしろに倒れてしまわないのが不思議だった。

「違うやろ」

ひばりちゃんもジャングルジムを降り、薄く砂が敷かれた硬い地面に石で鳥の絵を描き始めた。しっぽの長い鳥。

よーみんは隣で座ったままで、長い髪を束ね直していた。

「さっきまで人間の体を描いてた」

よーみんの視線は、ひばりちゃんの手が描く線に向いていた。

「人間が動いてるところを見て、ぱって描いて、それを見た人に、あ、動いてる、って思われるように描きたいな。これしかないっていう線で」

「わたし、それ、見たことあるで。これしかないっていう線で、それ以外ありえへん線で、見た瞬間に、あ、動いてる！　って思った絵」

「どんなやつ？」

わたしはよーみんにその絵の説明をした。そこにいるあいだに、暗くなった。


夜で、カンテGでごはんを食べていた。三階でガラス張りの温室みたいな場所がビルの外に突き出た形になっていて、カンテの中でもいちばん好きな店だった。でもそのときは人が多かったので、ガラスに囲まれた温室みたいなところじゃなくて、手前の洞窟みたいな席にいた。手首まで入れ墨《いずみ》の入ったたにいちゃんが、チャイとチーズケーキとチョコレートケーキを持ってきてくれた。チョコレートケーキはゴータマショコラという名前だった。インドの音楽が、自分たちの話し声が聞こえなくなるくらいの音量でかかっていた。ギターのネックが折れたから藤岡はあんまりしゃべらなかった。タキちゃんはまだチーズトマトチャパティを食べていた。

「なんでいろんな色が見えるんやろな」

よーみんが言った。

「光の波長が違うらしいで」

ひばりちゃんが言った。

「どんなふうに？」

わたしが言った。音楽が途切れた。別の曲がかかった。もっと大音量で。じゃっじゃじゃーじゃーん、じゃっじゃじゃじゃーじゃーん。

「ユー　ガッタ　ファイト！」

スピーカーからの音と同時に、店員の四人全員が突然、叫んだ。

「ユー　ガッタ　ファイト！　フォー　ユア　ライト！」

初めて聞く曲だった。その部分が流れるたび、店員たちはみんな作業を中断して拳《こぶし》を振り上げて絶叫した。

わたしはたぶん自由だ、と思った。

その歌がビースティー・ボーイズの「Fight for Your Right」だとわかったのは、三年ぐらいあとだった。

# 目撃者

夜中で暗かった。サイレンの音が響き渡って、その数が増えて、騒々《そうぞう》しかった。九階の窓から外を見ると、バス通りの向こう側の右のほうが、オレンジ色に明るくなっていた。手前の建物に隠れて、何が燃えているのかはわからなかった。爆発する音がした。火の粉が舞い上がった。火の粉が見えるような近い距離ではなかったけど、一つ一つが輝いて舞って消えていくまで、はっきりと見えるように思えた。蛍《ほたる》ってこういうものかも、と思った。十歳で、蛍を見たことがなかった。今もない。一度も。

また爆発があった。火柱が上がった。もっと右のほうには高速道路が走っていて、その上空もオレンジ色のライトの光に包まれていた。曇りの夜だったから。

小学校の隣は高校だった。小学校と高校のあいだの道は、緑色だった。スクールゾーン、と書いてあった。

「夜中になったら、円盤が飛んでんねんて」

早川が言った。音楽室は四階で、緑色の道がよく見渡せた。

「黄色くて光ってて、このぐらいのやつ」

早川は手で大きさを示した。直径は三十センチぐらいだった。とても低いところを飛ぶらしい。わたしは聞いた。

「攻撃してくんの？」

「さあ、知らん」

早川は前を向いて、机の上に教科書を開いて置いた。音楽の教科書は薄っぺらくて、すかすかした楽譜が書いてあった。

音楽の時間はテストで、先生が前に置いてある機械のスイッチを押すと、録音してある問題文が聞こえてきた。今から流れる音がどの音か、解答用紙の五線譜の上に書き入れなさい。ぽーん、と音が鳴った。周りの席のみんなが、五線譜の上に黒い丸を書き入れた。早川も書いていた。なにをしているのか、全然わからなかった。自分がまったく知らないことを、知らないうちに、みんなが知っているのだと思って、怖くなった。早川の手元を見て、同じところに黒い丸を書いた。また、ぽーん、と音が鳴った。みんながいっせいに、解答用紙に音符を書いた。

怖いので外を見た。緑色の道は、誰も歩いていなかった。百メートルくらいのまっすぐな道は、両側をブロック塀で囲まれていた。高校の校舎は、広いグラウンドの向こう側にあった。今、もし、この道を誰かが歩いてきて、円盤に攻撃されて消滅したとして、わたし以外に見ている人はいないから、誰も信じてくれないかもしれない、と思った。だけど、太陽に真上から照らされた影のない道は、ほんとうに誰も通らなかった。人も車も犬も、なにも、一度も通らなかった。

「山田」

音楽の先生の声が響いた。音楽室の天井は少しだけ高かった。床は紺色のカーペットだった。

「外ばっかり見て、なんかおもしろいことでもあるんか」

「なんもないです」

わたしはほかの問題の答えを書き込んだ。最初にあった音を聞かされる問題以外は覚えなさいと言われたことばかりだったから二十分もかからずにできて、あとはまた外を見た。持ってくるのを忘れた絵の具のことを考えていた。緑色の箱。鉛のチューブの十二色セット。緑色はビリジアンだった。その色だけが知らない言葉だった。ほかでは見たことのない言葉だった。道路と木と箱の緑色にもビリジアンが入っているのか、考えていた。

渡り廊下を歩いていたら、早川がうしろから走ってきてわたしの背中を押した。

「なんか飛んでたん見たやろ」

「なんも来えへん」

「嘘やからな。ほんまは人食い女や」

渡り廊下に沿ってブロック塀があり、その向こうは緑色の道だった。そこからは全然見えなかった。

「もうちょっとおもろいこと言うて」

わたしは、廊下の残りをスキップで走った。


「カーテン閉めて、そっちは、紙でも貼ろか」

西山先生は、教室の扉の上のほうにある四角い小窓から廊下の様子を窺った。なにか勘づかれているらしく、隣のクラスの子が二、三人、廊下に出ていた。

「紙なんか貼ったら、余計怪しいと思います」

相田さんが、机を壁際に押しやりながら言った。そうやそうや、と周りの子たちも机の方向を変えながら賛同した。五時間目といういちばん明るい時間なのに薄暗くした教室の中に、机と椅子を引きずる音が響いていた。

「そうか。ほな、このままでええかなあ」

「特別活動」の時間で、お楽しみ会をすることになって、西山先生は一人一つだけならお菓子を持ってきてもいい、と言った。学校にお菓子を持ってきてはいけない決まりがあったけど、西山先生は今年この小学校に来たばっかりだったから、知らなかった。知ろうとしなかっただけなのかもしれない。

「どおー」

叫んで、大崎が机から飛び降りた。

「静かにせな、ばれるやんか」

西山先生が言った。すでにじゅうぶん怪しいのに、とおおかたの人が思った。教室の直方体の空間は薄暗くなり、いつもと違う時間に学校に来ているみたいな気がした。地震か洪水がきて家に帰れなくなってずっと学校で暮らすことを、何度も想像していたから、ちょっとうれしかった。横とうしろの壁際に机を寄せたので、教室の真ん中には薄暗くてなにもない穴ができたみたいになっていた。

一班が最初に前に並び、セロファンで作った影絵を披露した。授業で先生が使う、透明のシートに字や図を描いて下からライトで照らして鏡でスクリーンに投射する機械を使っていた。先生に名前を聞いたらオーバーヘッドなんとか、と言っていて、サッカーみたいだと思った。赤と青と緑を重ねると、どこかの本で見た光の三原色の図みたいに白にはならなくて、中心はとても暗い緑色みたいな色になった。閉め切った教室は暑かった。

わたしは、国語の教科書に載っていた詩のことを思い出していた。

庭が、シャボン玉の中に入れなくて、まわりを回っている詩。世界のほうが、回転している。

とても驚いて、その時から世界が変わったから、書いた人の名前を覚えた。ジャン・コクトー。堀口大學訳。「シャボン玉」という題。

六時間目が終わるころ、廊下に教頭先生が来た。せんせい、さようなら、みなさん、さようなら、と挨拶をしたあと、西山先生は教頭先生のうしろについて職員室のほうへ歩いていった。

図書室は四階にあって、音楽室の向かいだった。四階には音楽室と図書室しかなかった。今日は二回も四階まで来た、と思った。音楽室は誰もいなくて閉まっていた。図書室は開いていて明るかったけど、ほとんど人が来なかった。係の先生は準備室で作業をしていたし、当番の六年生の人がちゃんと仕事をしていたし、もう一人の図書委員の中田も貸し出しカウンターで昆虫図鑑に見入っていたから、わたしは図書室の中をぐるぐる回っていた。いちばん奥の子どもの本棚の裏側のドアの向こうに、大人の本棚に囲まれたスペースがあって、「ＰＴＡ読書会の本」と書いてあった。そこに勝手に入ってときどき本を読んだ。とても静かだった。ガラスの扉のついた本棚を開けて適当に見ていたら、小学生が小学生を殺した事件について書いてある本があった。お話ではなくてほんとうに起きた事件だと書いてあった。少しだけ読んで、これから先の人生長いのに大変そうだと思った。奥の部屋を出て戻ると、相田さんたちが来ていて、学校ごっこが始まっていた。五列並んだ広い机の上が、それぞれの教室だった。手前の机の上に乗っていた三人の女の子たちが、靴下でびゅーっと端まで滑ってジャンプした。

図書室も音楽室と同じくらい天井が高くて、窓も大きかった。開け放した窓からは、冷たくなり始めた風が入ってきていた。隣の工場の灰色の屋根がよく見えた。なにを作っているのかわからないけれど、積み重ねられた段ボール箱がフォークリフトに乗せられて運ばれていた。屋根と同じ色の作業服を着た人は、フォークリフトの運転がとてもうまくてくるくる動くのがおもしろいのでずっと見ていた。機械自体が生きているみたいだった。

「ちょっと！　降りなさい」

準備室から出てきた先生が怒鳴った。

「あんたら何歳やのん。子どもみたいに大騒ぎして」

窓の下の、わたしが肘をついている本棚には、伝記の全集が並んでいた。水色の硬い表紙で、二人分の話が一冊に収まっていた。偉人の二人はたぶんお互いのことを知らなかった。そのときはみんなもう死んだ人だと思っていたけれど、きっと生きている人もいたに違いない。一人か二人ぐらいは。

「図書委員さん！　注意するのが仕事やで！」

放課後が終わるときは、「いつまでも友だちでいましょう」という音楽が流れた。五人か六人ぐらいで、渡り廊下をだらだら歩いていた。ブロック塀の際には植物が植えられていた。名前は全然知らなかった。秋で、あんまり花は咲いていなかった。ひょろひょろ伸びた細い枝の低い木がまばらにあって、その隙間に草がぽつぽつ生えていた。

「サッカー部って、ないの」

誰かが言った。

「ないんちゃう」

「あっても、女子は入られへんやろ」

「キックベースあるやん」

それぞれが答えた。わたしもなにか言った。ブロック塀沿いの、名前のわからないギザギザの葉っぱに、アゲハ蝶が羽根を開いてとまっていた。薄い黄色と黒の模様。秋だから、そろそろ終わりの蝶だった。立ち止まって見ていると、蝶が羽根を閉じた。ぴったりと折り重なった羽根に手を伸ばすと、簡単に捕まえられた。前を歩いていた横井さんの顔の前に出した。

「ほら、見て」

「うわあ」

横井さんは、びっくりして飛び退いた。蝶は怖い、と言った。わたしはその横井さんの肩をつかみ、顔に再び蝶を押しつけた。横井さんは手で払う仕草をしてうずくまった。わたしの手から蝶が飛び、横井さんの頭に一瞬止まって、それから塀の外へ飛んでいった。横井さんはうずくまって顔を伏せたまま、動かなくなった。背中が震えているみたいに見えた。

「泣いてるんちゃう」

誰かが言った。

「うそやん」

わたしは言って、横井さんの肩と腕を無理に引っ張った。横井さんは顔を上げた。ぎゅっと閉じたその目からは、涙が流れていた。


駐車場の角には、もうホルモン屋のトラックが来ていた。オレンジの幌を開け厚い鉄板から湯気を上げてて、ホルモンを焼いていた。向かいの角には、水飴屋が店を出していた。一か月に一回くらい来た。思い出したように、急に現れた。少し傾けて配置したベニヤ板の上に、小さい透明のカップに入った水飴が並んでいた。透明の飴には緑と赤と黄色の液体がかかっていて、割り箸がささっていた。

その二つの店の反対側の団地の植え込みの柵になっているブロックの上に、座っていた。ざらざらした、小石の紛れたブロックには焼け焦げた跡があった。

ぼーん、と爆発音が響いた。両側の団地の高い壁に、爆発音はしばらく反響し続けていた。水飴屋のおっちゃんが焦げ茶色の機械を開けると、白い粒々がたくさん出てきた。

そのとき、周りの空気が紫とピンクの間ぐらいの色になっていることに急に気づいた。見上げると、空が、水色とピンク色の縞模様になっていた。太いピンク色の帯が斜めに空を横切っていた。波みたいだった。じっと見ていると少しずつ動いていた。地面が回転している、と思った。空じゃなくて、地面のほうが。ピンク色に染まった雲は、風で動いていた。わたしが立っているところは、それを照らす光の源からものすごいスピードで遠ざかっていった。

## 白い日

教室はプレハブで、運動場の真ん中にあった。プレハブを境にして半分は運動場として使っていて、あと半分は工事中だった。新しい校舎はできかかっていた。古い校舎は壊していた。プレハブは、屋根は緑で壁は薄緑色だった。

授業中にうしろの壁が、ごおん、と鳴った。壁の向こうから怒鳴り声が響いた。隣の教室の黒板に誰かの頭がぶつけられた音だと、みんなすぐにわかった。教室では、手紙を回すのがはやりはじめていた。ノートがちぎられ、ハートやシャツや船の形に折り畳まれ前に座る子から机に投げられて、もしくは、うしろに座る子から背中をつつかれて、移動していった。

四角い窓は開いていて、小さい運動場が見えた。砂はほとんど金色に光っていた。眩しかった。四月と五月のあいだだった。中学校に来るようになって一か月だった。わたしはいちばんうしろに座っていた。すぐ前は、岡島だった。細長い背中を丸めていつもの通りに、女の子たちから回ってくる手紙を見ていた。岡島は女の子の友だちのほうが多かった。いちばんうしろに座っていると、手紙が移動していく様子がよく見えた。前からうしろへ、曲がって左へ、そしてまたうしろへ。返事が書かれ、来た道筋を戻っていく。

「これ、おれのじゃない」

振り向かないまま、岡島が長い手でわたしの机に、珍しく簡素な四つ折りの紙を置いた。半分開きかかっていて、中の文字が見えた。

「山田さんてすぐなんでって言うから答えに困る。人がケガしたの見てにやにや笑ってたから、ちょっと怖いし」

　どちらもほんとうのことだった。岡島は丸めた背中のまま、黒板に書かれた文字をノートに写していた。

「わたしのでもない」

　岡島の肘の下から、四つ折りの紙を差し返した。岡島はほかは全然動かないで反対の手だけ伸ばして紙を取り、机の端にぶら下がっている鞄に突っ込んだ。その前の席から、また新しい手紙が岡島の机に置かれるのが見えた。


　プレハブから古い校舎へつながる廊下は、緑色の金網で囲われていた。外は、光で溢れていた。砂も校舎も光ってほとんどみんな白く見えた。空気自体が発光しているように見えた。

「チェルノブイリかな」

　わたしが言った。

「関係ないやろ」

　愛子が答えた。わたしたちは歩いていた。

「放射能、当たったら死ぬかな」

　愛子が言って、金網から指を出した。指の先は光に当たり、そこだけが輝いた。

「眩しい」

わたしは言った。運動場には誰も、一人もいなかった。薄く敷かれた砂は硬そうだった。鉄棒から落ちて顔から地面に突っ込んだときのことを思い出した。記憶は静止画になっていて、黄土色の砂粒の地面、真っ黒、腕のすり傷、の三つだった。腕も顔も同じように痛かったけれど、顔は自分では見られないので触って確かめた。

渡り廊下から古い校舎の廊下に入ると、少しだけ涼しかった。振り返って空を見ると、薄い雲に覆われた全体から光が透けて、地上に降っていた。とても遠い場所から、光も風も塵《ちり》もわたしたちのところへやってきていた。見えるもの全体がぼんやりと光を発生させているみたいになって、瞬きをすると黄色い閃光《せんこう》が残像になって見えた。このまま光がどんどん強くなって、ほとんど真っ白に、そして白い色さえもなくなって、そうしたらなにも見えなくなって、見えないから黒になる。それが順番に頭に浮かんだ。

愛子は古い校舎にある自分の教室へ戻り、わたしはプレハブの真ん中の教室へ戻った。

愛子がいとこのお見舞いに行くのについていった。病院は高速道路の高架と大きいビルに挟まれていて、日陰だった。消毒液のにおいがして、わたしはうれしかった。

すぐにすうっと空気へと拡散してしまう冷たいにおいは、親しくて落ち着くにおいだった。薄緑色の廊下と同じ色の階段を上って、四階まで行った。左右に三つずつ並ぶベッドのいちばん奥に、愛子のいとこがいた。

「暇や」

と、彼女は言った。だぶだぶのTシャツに短パンでベッドの上に胡座をかいていて、左腕と左足はギプスで固められていて、ギプスには黒いマジックで見舞いの言葉がたくさん書かれていた。

「顔の傷なくなってるやん」

愛子はここに来るのは二回目らしかった。いとこは違う中学の三年生で、彼氏とバイクに二人乗りしていて電柱につっこんだ。彼氏は最初意識がなかったが、今はごはんも普通に食べているらしい。離れた病院にいるから会っていないし声も聞いていない、といとこは言った。左頬の傷は、愛子はなくなったと言ったけど、まだあったかさぶたが耳のところから口元まで点々と連なっていた。隣では、点滴を繋がれた女の人がテレビを見ていた。病室は風が通らなくて暑かった。窓の外は隣のビルの壁で、高速を走る車の音が聞こえてきた。

「おねえちゃん、ずっと学校休み？」

愛子はいとこのことを、おねえちゃん、と呼んだ。いとこは、茶色い髪をピンクのゴムで結び直した。左手の半分は包帯で覆われていて、人差し指と親指しか使えないから不便そうだった。

「いや、もう病院出されるらしいわ。来週ぐらいは学校行かなあかんのちゃう?」

いとこは結んだ髪をまたほどいて、違う場所でまとめた。ギプスで固められた腕は重そうだったけど、硬いから強いかもしれないと思って、羨ましかった。わたしは強くなりたかった。

愛子といとこは、しばらく共通の知り合いの話をしていた。名前で呼んでいたから、親戚の誰かのことなのか友だちなのかわからなかった。わたしは黙って、窓際に置かれた丸椅子に腰掛けていた。赤いビニールの張られた椅子は、破れてスポンジがはみ出ていた。

いとこがアイスが食べたいと言ったので、愛子が買いに行った。いとこは枕元に置いてあった雑誌をベッドに置いて、何ページかめくった。

「これ、見て」

わたしは立って、指差された場所を見た。改造したバイクの写真が並んでいた。

「わたしの彼氏のやねん。でも、燃えてもうたわ」

いとこはわたしの顔も見なかった。そういえば名前も聞かなかった。バイクは、パーツをほとんど外されて骨組みと燃料タンクとエンジンだけになって、変わった昆虫のような形だった。

「指、取れてんで」

いとこは左腕を持ち上げて、包帯が巻かれた手をわたしの顔の前に持ってきた。

「すぐつけたから動くようになるらしいけど、曲がってる」

中指と薬指にはプレートが添えられていた。機械みたいだと思った。

「どっちの指ですか？」

「両方」

いとこは、やっとわたしを見て微笑んだ。病室はエタノールのにおいはしなくて、傷みかけた食べ物のにおいがした。

愛子とバスに乗って帰った。別のバスとすれ違うたび、運転手が手を振り合うのが見えた。降りるとき、小学生料金分の小銭を入れた。運転手はわたしたちをちらっと睨《にら》んだけど、なにも言わなかった。

団地の駐車場に集まると、みなりんがスケートボードを持ってきた。二つあった。片方は拾った小さめのボードで、もう一つはみなりんが誕生日に買ってもらったサメの絵が描いてあるやつだった。

「どうやったら進むの？」

佐藤さんは、小さいほうのボードの上に両足を肩幅に開いた妙に正しい姿勢で突っ立っていた。

「これでええやん」

愛子はサメボードに片足を乗せ、もう片方の足で地面を蹴って、駐車場の端から端まで移動した。アスファルトがごうごう鳴って、団地の高い壁に反響した。向こうまで行って、戻ってきた。みなりんは、佐藤さんと交代して小さいボードの上に立った。

「ちゃうって、なんか、こういう感じ」

みなりんが右足に力を入れて前後に動かすと、ボードは左右に揺れごつっと地面を弾くとほんの少しだけ位置がずれた。

「ええー、そんなん、全然進まんやん」

愛子はまた片足で地面を蹴り、サメボードで道路へ出た。一周して戻ってきた。あんまりおもしろくないようだった。わたしは、愛子からサメボードを受け取り、両足で立ってみた。片足に力を入れて動かそうとしたが、ボードはぐらぐら揺れるだけでその場から動かなかった。

「なんかわかってきた」

小さいほうのボードに乗っていたみなりんが声を上げた。確かに、右足を前後させて、ごつっ、ごつっ、と音がするたびに、振られたボードが進んでいった。わたしはそれを見ながら、自分の足にも同じように動くよう命令したが、やっぱり少しも進まなかった。片足を降ろして、コンクリートを蹴った。進んだ。その勢いを借りて、足をまたボードに乗せボードごと地面を蹴るように動かしてみた。進んだ。だけど、さっき蹴った惰性《だせい》で動いているのか自分の力で動かせたのか、わからなかった。すぐに止まったから、やっぱり惰性で動いていたのだと思った。もう一度、足を降ろして地面を蹴った。その足を持ち上げてボードを蹴ったら、ボードだけがスピードを持って進み、スピードのないわたしは投げ出された。

背中から黒いアスファルトの上に落ちた。強い衝撃があって、息が止まった。肺の中の塊みたいな空気を吐きたいのに吐けなかった。吸うこともできなかった。愛子とみなりんと佐藤さんが、わたしを見下ろした。仰向《あおむ》けで動けないまま、わたしは空を見ていた。団地の四角い建物の隙間の空は、四角くて、なにかの展開図みたいだった。空は白く、その白がどれくらいの厚さがあるのか、なんの手がかりもなかった。少し息が吸えた。

連休が明けても、空はまだ眩しいままだった。廊下側の窓も扉も開けっ放しで、緑色の金網越しに誰もいない運動場が見えていた。黒板には、拡大した植物が描かれていた。茎の中に水を吸い上げる場所があり、葉には呼吸する穴があった。

突然、飛行機の音が響き渡った。とても大きい音が、遥かに高いところから被《かぶ》さるようにして降ってきた。飛行機が近くを飛ぶことは滅多になかったし、こんなに大きい音が聞こえたのも初めてだった。轟音はどんどん大きくなり、先生の声が聞こえにくくなってきた。だけどわたしのほかの誰も、外を見上げたりしなかった。

なにかがこっちに向かってくる。わたしは、身動き一つしないで、机の上の拳を握りしめてじっとしていた。轟音は近づいてきた。きっともうすぐこの真上にくる。真上になにかが落ちてくる。外はますます眩しくなって、なんにも見えなくなりそうだった。

轟音は一瞬弱くなった。そして、そのまま遠ざかっていった。

# 赤の赤

初めて降りる駅から続く商店街を歩いた。朝だからまだほとんどの店は開いていなかった。シャッターが並んでいた。昼になってもこのままかもしれない、とも思った。アーケードをかぶせられた狭い道は、薄暗かった。一月で寒くて、アスファルトに撒《ま》かれた水がいっそう温度を吸い取っているように見えた。知らない人の暮らす場所だった。電車に乗って、家から一時間以上かかった。

「なんでこんな遠くまでこなあかんのか、わからん」

高木さんが言った。

「自分の学校でええやん」

「不正防止」

ムラさんが答えた。大学入試センター試験というのを受けるために来た。

「教室だけ変えて、どこの席になるかわからんようにしたらええだけちゃうの」

「あ、そっか」

ムラさんの口元から白い息が吐き出されるのが、商店街の暗い壁を背景にしてよく見えた。わたしは言った。

「みんなは普通に授業あるんやろ」

「あ、そっか」

今度は高木さんが言った。半分以上の同級生が今日も学校で授業を受けているのだと想像したら、自分たちが不便な場所に隔離されているような気分になった。

「だからってわたしらだけ、こんな遠いとこに」

「あれ？　でも、今から行くとこも高校やろ？」

「休みとか？　ずるいな。むかつく」

「大学入試やのに高校で受けるって、すでにあかん気がする」

わたしは、少しうしろを歩いていた宮本さんに並んだ。宮本さんはとても小さくて、寒さでさらに体を縮めていた。腕組みをしたまま上目遣いにこっちを見た。

「わたしなー、勉強せなあかんのに夜中にテレビつけたら映画やってて、怖いのに消されへんくなってずーっと見てもうてん。どうしよう」

「なんの映画？」

「なんかわからんねんけど、小林克也が風呂に浮いてる髪の毛とかめっちゃすくってんねん。ずーっと。娘はプロレスやってるし。怖かったよー」

宮本さんの目にはうっすらと涙が浮かんでいた。

わたしたちを、黒い学生服を着たやつが追い越していった。一人でさっさと歩いていった。目的地は同じだとすぐわかった。商店街の出口が、長方形に白く光って見えていた。


その学校はとても広かった。緩やかな坂道を上がったところにある門からだだっ広い校庭が広がり、そのずうっと奥のほうに校舎が見えた。わたしたちは貼り紙のぶら下がったロープに沿って、校庭の端を歩いた。自分は狭い学校に通っていてよかった、と思った。こんなところを体育で走らされたりしたら、死んでしまう。

「倫理・政経」を選択していた。問題用紙を開いた。クリーム色のページに黒い文字で印刷された問題文は会話形式になっていた。男女一人ずつの生徒が、先生に質問していた。生徒の一人が聞いた。

先生、善く生きるとはどういうことですか？

先生。

わたしの目に、涙が浮かんだ。

善く生きるとは、

どういうことですか？

わたしはその文字を、見つめた。自分がここで座っていることが、怖くなった。こんなところで、今、なにをしているのか。

教室の前では、ストーブが燃えていた。水色のホースを通ってきたガスが燃え、円柱状の網を赤く焦がしていた。わたしたちの学校よりもひと回り広い教室では、一組の机と椅子に一人ずつが座り、一人が一本の鉛筆を握って、マークシートを塗りつぶしていた。

あとに続く設問自体は簡単だった。哲学者の名前や時代や用語を選び、その数字に対応したところを塗り潰すだけだった。覚えていることばかりだった。

クリスマスから大晦日《おおみそか》の前の日まで、わたしは学校に行って、「倫理・政経」というめったに選択する人がいない科目のために梨田《なしだ》先生の補習を受けた。生徒はわたし一人だった。一日目は、眠たかった。一人しかいないので、寝てはいけないと思った。梨田先生が、

「今眠たいやろ、しんどいやろ、帰りたいやろ」

と言ったので、自分が眠っていたことを知った。昨夜家族を救急車で病院に連れて行ったので寝るのが遅くなったんです、と言ったけど、梨田先生は、

「理由はわかったけど、それは今やらなあかんこととは関係ない」

と言った。そういうことを言う人はおもしろいと思って、わたしは補習を受けたに違いなかった。

あの教室にあったストーブと、この教室にあるストーブは同じだった。同じ色で燃えていて、離れると全然熱くなかった。

マークシートを塗るのは好きだった。くじ引きみたいだと思っていた。問題文をもう一度読んだ。もう涙で滲んだりはしなかった。だけど、善く生きるためにはどうすればいいか、考えなければならなかった。

斜め前には、初めて見る制服の女の子が座っていた。背筋を伸ばして鉛筆を正しく握り、問題用紙を見つめていた。もう、最後のページだった。

次の時間は数学だった。問題は簡単だった。簡単だということはわかったけど、答えも解き方もわからなかった。一か所も。マークシートの1と2を適当に塗りつぶした。ルートの中身はたいてい2だったから、当たりだったらいいのにと思った。曇っていて、昼を過ぎても寒かった。校舎も空気も冷えて、なんの温度も上がらなかった。だれかが雪が降ると言ったが、単なる願望だった。

次の日に、また同じ道を辿ってその学校に着いた。土曜日と違って、一人だった。みんなは、一時間目の科目を受けていて、わたしは二時間目からだった。校舎はわたしの学校よりも古く、すのこの敷かれたロッカー置き場は薄暗かった。四時間目も一人だった。友だちの中で「生物」を選択したのはわたし一人だった。教室にも三分の一くらいしか受験者はいなかった。

薄暗いロッカー置き場で、靴を履き替えた。編み上げのブーツだから時間がかかった。おばさんが入口のところでずっと立ってこっちを見ていた。息子を迎えに来ていた。息子は学生服の上に分厚いコートを着ていて、おばさんは彼の首に持ってきたマフラーを巻いて魔法瓶に入れてきた温かいお茶を飲ませて、偉いわねがんばったわねと言った。わたしはその横を通り過ぎて、外へ出た。

広い運動場は空っぽだった。昨日からフェンス沿いに張られたままのロープの外側を、わたしは歩いた。気に入っていたアメリカ海軍のセーラーカラーの服で来た。袖《そで》口《ぐち》を折り返したところに元の持ち主がつけたサメのワッペンがあったから、買った。寒いので、その部分を伸ばして袖口のボタンを留めた。濃紺の生地に、変色した三本の白線。前を見た。世界の色が変わっていた。見たことのない朱色の空気に包まれていた。自分の掌《てのひら》を見た。それから、振り返った。

空が、赤かった。広い空の上から下まで、見渡す限りの全部が、赤かった。夕焼けの橙《だいだい》や桃色じゃなかった。紅の深い赤。真紅。赤、朱、猩々《しょうじょう》、茜《あかね》、クリムゾン、カーマイン、バーミリオン、レッド。知る限りの赤色の名前が、押し寄せた。でもどれなのか、わからなかった。

ロープから離れ、グラウンドへ出た。赤い空気に包まれて、赤い空を見た。赤は薄まるところなく、空の全部を埋め尽くしていた。雲一つない空間の端から端まで、とても高いところまで、無限に、濃いままで満ちていた。

わたしは、赤の理由を知っていた。一九九一年の六月に噴火したピナツボ火山の灰が成層圏まで達し、半球を覆っていた。寒いのもそのせいだった。十二月にも一度、わたしはこの色を見ていた。

風は止み、光と色だけがあった。

時間が経った。

門の前からバスに乗った。どんどん建物が低くなり建物の間隔が広くなって、行き先の違うバスに乗ったことに気づいた。途中で降りた。もう真っ暗だった。空に赤はなくて、住宅地の端の崖の下に街の明かりが見えた。青白い光だった。

駅に着くと、伝言板にわたしの名前が書いてあった。そのあとにもなにか書いてあった。緑色の板に白いチョークで。だけどなんて書いてあったか、どうしても思い出せない。覚えているのは、改札を通るときに一人で笑っていたことだけだ。

梅田で環状線に乗り換えて、ジャニスといっしょに帰ってきた。ジャニスは疲れているみたいで、端っこの席に座って目を閉じたまま、なにもしゃべらなかった。電車は家に帰る人で多少混んでいて、わたしたちの前にも吊り革につかまった人たちが並んでいた。

立っている人たちの隙間から、吊り広告を見上げた。ドアが開くと風で揺れるその紙には、「経済破綻、日本崩壊」「無策の不景気」「大地震で世界壊滅、これだけの兆候」という文字が印刷されていた。大地震と壊滅の文字にはひび割れも入っていた。いつも同じようで、前に見たのと区別がつかなかった。立っている人が読んでいる夕刊紙の見出しは「愚かな政治家がこの国を失業地獄にする」、めくると「人類を滅ぼす謎のウイルス発見か」だった。ジャニスと反対側の隣に座っている、わたしより少し年上の女の子もそれらの見出しを読んでいた。そして、その恋人らしき男の子の手を握って、夕刊紙を睨んで言った。

「自分の人生が行き詰まってるからって、他人も世界もいっしょにすんなよ。巻き添えにはならへんからな」

夕刊紙を読んでいたおっさんには、なんの反応もなかった。

ジャニスが目を開けているのに気づいた。わたしは言った。

「善く生きる、って……」

ジャニスは遮《さえぎ》って言った。

「自分で考えろ」

ジャニスは右手で髪をぐしゃぐしゃ掻きながら大きな欠伸をした。茶色い髪の先に鳥の羽根がついていた。

「自分で、死にそうになるまで考え続けろ」

白い羽根は電車の床に落ちた。

「そうか」

わたしは言って、駅に着いたのでドアのところへ行った。電車が止まると、ホームには中学の制服を着たわたしが立っていた。荷物はなにも持っていなくて、ドアが開くと真っ先に電車に乗り込んだ。

電車を降りたわたしが振り返ると、中学の制服を着たわたしがジャニスの横でドアの前に立っているのが見えた。中学の制服を着たわたしは、ジャニスのほうをちらっと見たけれど、ジャニスはまた目を閉じて今度はほんとうに眠ってしまったみたいだった。

わたしは長い階段を降りて改札を抜け、青信号が点滅している横断歩道を走った。

# 船

エレベーターは降りてきて停まるときに、ふううん、と音が鳴るので、わたしはエレベーターのことを「ウー」と呼んでいた。好きな怪獣から名前をもらった。急いで帰ってくると、ウーはいつも一階にいた。だからすぐ乗れた。名前をつけたからだと思った。

九階は風が強かった。ドアも窓も、いつも全開にしてあった。三十五度を超える日も、風が吹いているからだいじょうぶだった。わたしは紙になにかを書いていた。絵のときも字のときもあった。ベランダ側の開いた窓から、紙が飛んでいった。風はいつもドアからベランダに向かって吹いていた。六甲山から生駒山に向かって吹いていた。飛んでいった紙が、下の道路に落ちたのが見えた。ウーは九階にいたから、すぐ地上に降りられた。保育園の柵を乗り越えて、紙を拾った。そのときは絵を描いていた。ほんとうは、描いていたのではなくて漫画雑誌の表紙に紙を載せて透けた絵をなぞっていた。ちゃんとなぞったのに、似ていなかった。蟬がせみせみせみせみと鳴いてたので、夏は終わりじゃなかった。十一歳ぐらいだったから、夏休みの宿題はしなくなっていた。十歳のときに、だいたい人はできあがると思う。

十一歳ぐらいだったから、暑くてもまだ外に出られた。商店街には自転車がびっしり停まっていて、歩ける場所は少ししかなかった。わたしの自転車は盗られたからなかった。本屋は涼しかった。奥で二時間ぐらい立ち読みをした。棚の漫画をほとんど読んでしまっていた。いちばん下の棚には、黒い表紙の漫画が並んでいた。その隣の漫画を取った。戦国時代でお姫様が病気になったのでそっくりな身代わりの女の子が連れてこられてお姫様になって最後は矢がたくさん刺さって死ぬ話だった。前にも二回読んだ。怖かった。だから三回目も読んで怖いと思った。周りで立ち読みしている人たちは、誰もなにも話さなかった。ときどき店の人が来て、漫画を戻してくださいと言った。十分ぐらい経つと、また立ち読みする子どもでいっぱいになった。

蟬の声は止んでいた。店を出て歩いて、行くところは思いつかなかった。テレビで見たのか本で読んだのかわからないけど、分かれ道に出会うと棒を道の真ん中に立てて倒れたほうに進むとどこかに行けるようなことを思い出して、そのへんに落ちていたアイスの棒を道の真ん中に立てて倒れたほうに歩いた。薄く曇った空から熱い光が降っていた。風はなくて空気には重さがあったから、速く歩けなかった。街じゅうの道は全部まっすぐで、角は全部直角の四つ辻だった。だから、四回曲がったら同じところに戻ってきた。アスファルトは焦げたみたいに黒かった。白線の上には、黒いタイヤの跡がついていた。

曲がるのをやめてまっすぐ歩いた。四車線の道路を越えると工場があった。駐車場の向こうに灰色と茶色の波板でできた天井の高い建物があって、大きな洞窟に似ていた。鉄と鉄がぶつかる音が響いていた。隣は灰色の建物で、飲み物の空瓶が詰まった黄色や赤のケースが積み上げてあった。そのあいだの道をまっすぐ歩いた。裏は堤防だった。堤防には階段があった。堤防と同じコンクリートの階段の鉄の手すりは錆びて、塗装が剝がれて落ちていた。

階段を上って堤防の上に立つと、道路があって小さい工場と倉庫があった。その向こう側が川だった。次々と走ってくるトラックが途切れるのを待って、向こう側に渡った。建物と建物の間の場所で、わたしの背ぐらいある錆びた歯車が積み上げられていた。隙間に雑草が生えたコンクリートの地面は唐突に終わって、そこが川だった。隣のプレハブの建物にも人の気配はなくて、今日は彼らも夏休みなのか、もう誰も来ない場所なのか、手がかりはなかった。ここにいることを見つかったら怒られそうだった。ほんとうは誰かがいて、寝てるだけなのかもと思った。それか、どこかから見張ってるとか。

歯車と歯車のあいだに屈んでみた。雑草は乾いて薄い砂みたいな色になりかけていて、でもまだ生きていた。とても小さな蟻《あり》が、ひび割れから出てきて素早く這っていた。手を伸ばして指を地面につけると、爪のほうから蟻が上ってきた。黒い小さな点は腕をぐるっと回って肘まできたので、手の角度を変えると今度はまた手首を目指して移動した。確かに自分の皮膚に触れているはずなのに、なんの感覚もなかった。とても速く滑るみたいに動くから、もしかしたらホバークラフトのように宙に浮いたまま進んでいるのかもしれないと思って、じっと見ていたけれど隙間は見えなかった。反対の手で払うと落ちて、そのまま見失った。

堤防の外の場所は全体に光が当たっていて、そこにあるものがどれも同じ物質に見えた。堤防沿いに歩いた。巨大なタイヤのトラックがわたしを追い越した。砂が熱風で舞い上がって、口の中がざらざらした。皮膚の上で汗と混ざった。

渡し船の乗り場まで行くと、待合所には誰もいなかった。壁には時刻表が貼ってあって、その上に学校の教室にあるのと同じ時計があった。対岸にいた船は五分後にやってきた。エンジンの音が響いて、ほとんど黒に近い川面に白い波が立った。そのときには自転車を押したおっちゃんが一人とおばちゃんが二人いて、暑い暑いと言っていた。その人たちといっしょに船に乗った。

初めて一人で乗ってみた。船は平べったくて、床は深い緑色のペンキが分厚く塗られていた。自転車のおばちゃんたちは、袋に入ったなにかを交換し合っていた。どううううん、とエンジンがかかって、船は急カーブで方向転換した。鉄パイプでできた柵から、波が見えた。船の縁で水はどんどんと形を変え、湧き上がって砕けていった。水は川全体に満ちた大きな一つの塊のほんの一部分なのに無限の形を生み出して、その粒の一つ一つが空中に飛び散ってまた川に戻っていった。船が動いているあいだ、それは終わらなかった。

対岸の待合所で、船が次に動くのを待っていた。向こう岸には、さっきまで自分が座っていた場所が見えた。小さな四角い黒い影になっていて、今はもう次の船に乗りたい人が自転車を停めて待っていた。

泳いでいけるぐらいの距離だけど、何十メートルか離れると岸壁は広々として見えた。コンクリートが右にも左にもずっと続いていて、そのうしろにあるスクラップ工場の屋根は高く、クレーンがゆっくりと動いていた。

空を見ると、雲の切れ間ができていた。そしてそのほんの少しの空のところに、入道雲の上のほうが見えた。もこもこと盛り上がって、白と白の影が模様を作っていた。絵みたいだと思った。雲を見ると、いつも絵だと思った。塗った絵の具に似ていた。そしていつも、自分がその天辺の端っこにいることを考えた。雲の天辺の端っこはとても高いところにあって、空の天井もすぐ近くだった。頭がつっかえそうだった。どこも全部真っ白で、冷たかった。天辺の端っこから下を覗くと、街が見えた。まっすぐな道に区切られた四角い家の塊が、規則正しく並んでいた。家の屋根と団地の灰色のコンクリートが隙間なく詰まっていた。家も道もたくさんあったけど、誰も歩いていなかった。人は一人も見えなかった。自分がいる雲にも他には誰もいなかったし、下に見える街にも生きているものの姿は見えなかった。とても静かだった。雲はゆっくり動いていて、真下の街はほんのちょっとずつ、だけど一定のスピードで遠ざかっていった。たぶんもう誰にも会うことがない気がした。

だから、雲をじっと見ているといつも怖くなった。

待合所を出た。桟橋に降りる手前は柵が閉まっていて、そこから先へは行けなかった。その脇には銀色の小屋があって、ラジオの音が聞こえてくるけれど人の頭なんかは見えなかった。柵が途切れたところの岸壁の段差に座った。脚の裏側に当たるコンクリートは熱かった。乾いていて、表面から砂がぱらぱらと落ちた。

右側を見上げると、高速道路の高架が延びていた。車の音だけが聞こえた。道路の下側には歩道橋がくっついていた。川を渡るとても長い歩道橋は、自分も何回も通ったことがあった。今はそこを、一人だけが歩いていた。自転車を押していて、高校生ぐらいの女の人だった。赤いTシャツにジーンズをはいているのが、結構距離のある場所なのにとてもくっきりと見えた。そのときは、目がよかった。遠いところまで、すべてがクリアだった。女の人は橋の真ん中で立ち止まって、柵の向こうから川を見下ろしていた。こっちを見ているような気もした。だからわたしもずっと見上げていた。

小屋の銀色のドアが開き、船を運転する人が出てきた。柵を開けて船着き場に降り、渡し船を繋いでいたロープを外した。わたしも船着き場に降りた。六畳ぐらいの四角い船着き場は川に浮かんでいて、波が当たるたぷんたぷんという音が途切れなかった。

「こんにちはー」

自転車を押したおばちゃんたちが斜めに渡された通路を下ってきた。何人もいた。一人通るたびに船着き場も通路も揺れてきしんで、波も増えた。

「こんにちはー」

渡し船は自転車でいっぱいになった。わたしは運転席のすぐうしろの隅のほうに立った。救命胴衣の説明をするプレートがあった。川に落ちるのだけは絶対にいやだと思った。

エンジンがかかり、船は唸りながらSの字に軌跡を描いて走った。川の水と同じにおいのする風が、薄いオレンジ色の庇《ひさし》と緑の床のあいだを吹き抜けた。おばちゃんたちの髪もわたしの髪も、巻き上がって生き物みたいに動き続けた。舳先《へさき》では水しぶきが上がり、水の形が変わり続けていた。

商店街まで戻ってくると、同じクラスの男子がいた。角で、水色のアイスバーをかじっていた。同じクラスの人に会うのは、終業式以来だった。

その子は言った。水色の塊はもうあと一口しか残っていなくて、水色の滴が落ちた。

「これ、当たりやった」

「当たりでもらったやつ？」

「そう。ほんなら、また当たり」

その子が最後の一塊を食べて棒をわたしの前に出した。当たり、と焼き印が押してあった。アイスの水色はなくなって、その子が着ているTシャツの水色はなくならなかった。そのとき、わたしが見ているこの色が、他の人には違う色に見えていたらどうしよう、と思っていた。このTシャツの水色が、この人にはわたしが「赤」と思っている色に見えていて、でも、他の水色のものもこの人には全部赤に見えるから、その色についてしゃべっていても違うということは永遠にわからない。「水色」がわたしに見えているこの色なのか、わたしが知っている「水色」が他の人にもあるのかどうか、どうやったら知ることができるのか、考えていた。それから七年経って隣に座っていた人に色覚異常があったので、どんなふうに見えるのか聞いたら、木の葉と幹の色が同じ、と答えた。その色は、わたしにはまだ見えない新しい色なんだと思った。

水色のTシャツの男子に、わたしは言った。

「もういっこ、食べるんや」

「今日はいらんから、また明日」

その子は自転車がびっしり並んでいる商店街のほうへ歩きかけた。立ち止まって、わたしに聞いた。

「どっか行ってた？」

「ちょっとそのへん」

わたしは答えて、角の酒屋の奥にかけてある時計を覗いた。五時だった。

# Ray

十一歳だったわたしは十七歳だったので、十一歳のわたしが見上げていた歩道橋は高校からの帰り道だった。高速道路の下にへばりついた歩道橋の階段は、両端に自転車のためのスロープがあった。そのせいで階段は幅広くて歩きにくかった。下は撤去《てっきょ》された自転車の置き場で、びっしり並んだ自転車は常に補充され続けていた。一日の間に一度も日が当たらないその場所を、毎日見下ろしながら自転車を押した。わたしの自転車はそこじゃなくてここにあった。

「暑い」

ボブ・ディランさんが言った。ハーモニカを首からぶら下げていた。わたしは聞いてみた。

「ボブさんはあんまり暑くないところのお生まれなんですかね?」

「ここは、暑い」

ボブさんは繰り返した。ほんとうに暑かった。階段を上りきって、長い通路へ出た。真上の高速道路の振動が伝わってきた。でも車は見えない。黙って自転車を押した。向こう側から来る別の高校の人たちは、みんな自転車に乗っていた。乗ったままスロープを降りられる人もいた。

下は川だった。今日も濁った深緑色だった。ちょうど渡し船が出発したところで、緑色の上に白い筋ができた。船着き場の縁に、十一歳ぐらいの子どもが座っていた。石を拾っては川に落としていた。

「子どもって、」

言いかけてやめた。あの場所から見える風景がわたしにもくっきりと見えた。あの航路は、もうなくなった。

「ボブさんは今何歳でしたっけ」

ボブさんはなにも言わなかった。無口な人なのかもしれなかった。わたしは自分のTシャツの赤色が眩しくて、目の奥が痛かった。


向こう側に降りて、堤防の工場の方向へ歩いた。ボブさんは、ちょっとそのへん見てくる、と言ってどこかに行ってしまった。堤防側へ渡る手前の角にドラム缶に囲まれた三角形の場所があった。車一台停められる程度の狭い場所で、鉄の削り屑が山積みになり、水の撒かれた土は鉄の粉で黒くなっていた。

諸星が先に着いていた。

「ええな、ここ」

索した。

「そうやろ。黒くて光ってる感じが」

黒い土にできた水たまりの表面は、油でメタリックな虹色になっていた。ぎざぎざした複雑な形の七色。わたしたちの他には誰もいなかった。道を隔てた工場で、鉄骨を吊している人が見えた。わたしと諸星は、ドラム缶に囲まれた場所の中を一通り探索した。

「どうする？　こっちから、撮る？」

諸星は八ミリフィルムのカメラを持って、三角の頂点の場所に立った。諸星はすでに三本映画を撮っていて、三本目がいちばんかっこよかったし、笑えた。

「写る？」

わたしはその場所の外側を回り、いちばん奥に並んだドラム缶越しにカメラに向かって手を振ってみた。片手で握られた小さい八ミリカメラを、武器みたいだといつも思う。かたかた鳴る、あの音も含めて。

スニーカーの下で、鉄屑がざりっと摩擦《まさつ》する感触がした。ドラム缶からこぼれ落ちた薄く削り節みたいに巻いた銀色の破片が、道路まではみ出していた。

「おおー、きれいやな、これ」

諸星は自分の足下にカメラを向けて、レンズを覗き込んでいた。黒縁の眼鏡を丸い筒にくっつけたまま、しゃがみ込んだ。水たまりの油でできた虹は銀紙の折り紙セットみたいな色で、風が吹くとマーブル模様に歪んで渦巻いた。

「山田、こっちから向こうまで、歩いてみて」

カメラを構え直した諸星は、カメラを平行に動かして指示した。わたしは、ドラム缶と隣の倉庫の間との隙間をゆっくり歩いた。高速道路の高架の日陰の場所は、鉄錆と石油のにおいがした。ドラム缶沿いにぐるっと一周した。

「わたしにも見せて」

八ミリカメラを覗いて、意味もなくズームを繰り返した。鉄屑や隣の工場が、巨大な地震に襲われたように揺れた。でも、レンズから目を離すと元に戻っていた。

「おい、にいちゃんら、誰や」

振り向くと、道路に停まった青いトラックからおっちゃんが降りてきていた。

「なにしとんや、そんなとこ入り込んで」

灰色の作業服を着たおっちゃんは目が悪くて、すぐ近くに来るまでわたしたちがはっきり見えないようだった。諸星は急に礼儀正しい態度を取った。

「すいません、映画をここで撮らせてもらえないですか」

おっちゃんは、汗の滲んだ首の辺りを掻きむしりながら聞いた。

「映画？　映画ってなんや？」

「高校の授業で、夏休みの課題で自分たちで映画を作らないといけないんです。ここ、映画に映ったらすごいかっこいいと思って」

カメラは高校のものだったけど、そんな授業も課題もなかった。諸星はカメラを胸の前まで上げて、おっちゃんに見せた。おっちゃんは少し腰を屈めて、目をカメラに十センチくらいまで近づけた。

「これで撮るんか?」

「はい。すみません。道の外側から写すだけで、中には入りませんから」

敷地の中にも入ったけど、そのときは二人とも道路に立っていた。

「すいません」

わたしも頭を下げた。おっちゃんは怒鳴ったりはしなかったが、よく通る大きな声で言った。

「勝手に入ったらあかんやろ。人の家ん中黙って入ったら、不法侵入や。罪になる。おっちゃんの言うてることわかるやろ」

「はい」

道路は、誰も通っていないのに広かった。その向こうの地上げされた一角は廃墟《はいきょ》のままで、ずっと新しくならなければいいと思った。おっちゃんは言った。

「世の中には、守らなあかん決まりがある。やりたいことがあるんやったら、筋通さな」

その通りだと思った。

「まあ、中には入らんようにな。そっちから、五分だけやで」

「ありがとうございます」

「ここの人にはおれが言うとくから」

おっちゃんは隣の裏手へ消えていった。だけど彼は通りすがりで、「ここの人」のことなんて知らなかった。うしろ姿を見送って、わたしと諸星は頷き合った。

「ええ人やな」

時間がないので、わたしは持ち場についた。諸星も再び自分が立つ位置を調整し始めた。

「前、商店街で撮っててめちゃめちゃ怒られて警察来たことあるで」

諸星は手前のドラム缶の陰でカメラを構え、レンズを左右に動かしていた。片目で覗いて、もう片方の目はぎゅっとつむって。

「山田っちー」

タキちゃんの声が響いた。橋のほうから、タキちゃんと鹿島が歩いてきた。

「怒られてたん?」

すでに橋の上から二人にはわたしたちが見えていたらしかった。

「ええおっちゃんやった」

わたしは言った。鹿島は、カメラを見せてもらって、覗いたり触ったりしていた。

「へえー、こんなんでちゃんと写るんや。もっとこう担ぐようなんかと思ってた」

「そんなん、めちゃめちゃ高いやん」

諸星は、心から驚いた声を上げた。

わたしはドラム缶の前を端から端まで歩いた。それを諸星が、カメラの取っ手のボタンを握って写した。やっぱり引き金を引くみたいだ、と思った。三回、同じことを繰り返した。諸星はフィルムを交換した。現像前の八ミリフィルムはカセットテープとよく似ていた。

わたしたちは公園へ行き、わたしが公園を歩いているところを撮った。タキちゃんと鹿島は、交代でレフ板を持ってくれた。そんなに効果はなかったけど、なにかを作っている気分が盛り上がったし二人とも楽しそうだった。

「マイクないの？　こう、棒の先にぶら下がってて、ふさふさで覆われてるやつ」

鹿島はそれがほしかった。

「あれもめちゃめちゃ高いって」

諸星が笑った。鹿島はビーチサンダルの足で砂の上に三角を描いた。タキちゃんは滑り台の天辺に上がって、「写ルンです」で写真を撮っていた。それから、滑り降りてきた。

「今、この穴に入った光が、色になって出てくるんやな」

タキちゃんは楽しそうだった。

「白い光が、色になる」

わたしは、紙とプラスチックでできたカメラを覗いた。小さなレンズは、蝉の抜け殻の目に似てつるつるした黒い丸だった。

「あ、ボブさんやん」

諸星が言ったので公園の真ん中のほうを見ると、いつのまにかボブさんが戻ってきていて、ベンチに座っていた。

「おれ、All I Really Want To Doがめっちゃ好きなんです」

と言って、諸星はボブさんが歌うのと同じように、タイトルと同じその部分を「どぅうぅうぅー」と声をひっくり返して歌っていた。

諸星に教えてもらって、わたしもその歌が好きだった。あんまりにもいい詩だったからワープロで清書して、それから十五年の間に十人に配った。友だちになりたい、と歌う歌。

ボブさんは、諸星が歌うのを黙って聞いていた。わたしたちが離れたあとで、一人でなにかの歌を歌っているのが聞こえてきた。全然聴いたことのない歌だったので、新曲かな、と諸星に言ったら、違う違う、と言って正解を教えてくれた。ボブさんは常に自分の歌を新しくして歌う。だんだん自由になっていく。

何度か振り返って、タキちゃんが聞いた。

「あの人って、神さまみたいな感じの人？」

「違う。歌を歌う人」

諸星は言った。雲の薄くなったところに、白く光る太陽が透けて見えた。鹿島はさっきの曲をもう覚えて、口笛で吹いていた。

それから、わたしよりも大きな犬がいる近所のギャラリーへ行って、その犬に触るところを撮った。犬は白い前髪で目が隠れていた。飼い主のおっちゃんとおばちゃんが来ると地面に寝ころんで、おなかを撫《な》でられていた。そのときに一瞬見えた目は予想していたよりも大きくて野球のボールみたいだったのでびっくりした。


夏休みが終わったあとで、わたしは学校から編集機を借りて持って帰ってきた。十センチ四方くらいの画面がついた編集機は、下の部分が両側に開いた。その両端にフィルムを設置して、ハンドルを手動で回す仕組みになっていた。

「こうやって、持って帰れる」

視聴覚教室の前の廊下で、開いた取っ手の片方を諸星は持って見せてくれた。わたしもそこを持って、ぶら下げて帰った。編集機と手を繋いでいるみたいな感じがして、うれしかった。

誰もいない部屋で、小さな白いリールに巻かれて帰ってきた現像された八ミリフィルムを、編集機に通した。小さな画面に、写真が浮かび上がった。ドラム缶に囲まれた場所にわたしが立っていた。リールから伸びたフィルムを繋げた部分のハンドルを回すと、写真のわたしが動いた。右から左へ、少しずつ、歩いた。映写機じゃないから、かたかたかたかたという音はしなかった。音声もなかった。静寂と薄闇の中で、左を向いたわたしが、右足を前に出し、左足を前に出した。

もう一本のフィルムを緑色の箱から取り出して、窓のほうへ行った。フィルムを引っぱって曇り空の光にかざすと、ずらっと並んだ小さな四角の中に公園があった。ずっと下へ向かって見ていくと、右端からわたしが現れた。一つコマが進むたびに、わたしはほんの少しずつ、右から左へ動いていた。ほとんど同じで、少しずつ違う場所にいた。左端へいなくなると、また右側から現れて、公園を横切り、左端へ消えていった。三回目にわたしがいなくなると、誰もいない公園だけが映って、それから白い空になった。

わたしは二本のフィルムをポケットに入れ、外へ出た。

# 解説
# 自分って記憶のことなんだ!?

三浦雅士

日々生活しているときにはまったく気づかないが、人は、じつは記憶のなかで生活している。たとえば街を歩くときでも、この角を曲がって次はあの信号を渡るとか、すべて記憶をもとに生きている。このことは、旅先などでの体験と比較してみればすぐに分かる。見知らぬ街はそんなに簡単に歩くことができないし、かりに歩くことができるとすれば、それはすでに何らかの知識を得ているときだけである。家族や友人からの情報とかガイドブックとか、あるいは映画とかからの知識である。

つまり、旅先でさえも、人は、かりにそれが他人のものであれ、記憶を頼りに歩いているのだ。他人の記憶を利用できるのは、記憶が本質的には言語的なものであることを示している。人類未踏の地を探検するような場合には他人の記憶を頼りにするわけにはいかないが、それでも、生い茂る樹々や獣の吠え声などはそれまでの記憶にもとづいてそれと認識している。つまり、認識するというのは新しい情報を古い記憶にもとづいて整理するということなのだ。だから人は、見知っているはずの自宅までの道を、人類未踏の地を歩くように体験することもできる。

以上のことから、自分が自分であるということじたいが、じつは記憶にもとづいているのだということが分かる。世の中には記憶喪失の物語が溢れているが、それが面白がられるのは、記憶を喪失すれば自分が自分でなくなるからである。自分が自分でなくなることが面白いのは、それによって自分の仕組が分かるからである。完全に分かるわけではないが、少なくとも、自分が自分であるということは、自分で考えるほど自明ではないということが分かって、つまり恐怖があって、面白いのだ。

『ビリジアン』という小説の焦点はそこにある。とはいえ、心理学の本でもなければ精神医学の本でもない。記憶の仕組、自分というものの仕組を、科学的に探究しようというわけではない。そうではなく、自分のなかで垂直に立つ記憶を注意深く取り出し、それを再吟味しようとしているのだ。それがたんに個人的な行為に終わらないのは、再吟味されるのが十代の記憶だからである。

人がその人になるのは十代においてである。『ビリジアン』に描かれているのは、一九九〇年前後の大阪の、一女子高生の特定の記憶だが、にもかかわらずそれが一般性を帯びるのは、十代の記憶だからだ。『ビリジアン』の場合で言えば、山田解と名づけられた語り手が、物を書くものとしての自分をはっきりと意識してゆく過程がそれとなく描かれているからであって、そういう過程にかんしては誰もが覚えがあるからである。それは踏み外せば谷底に墜落するような細い道であり、それを語ることはある意味で近代文学の常套なのだが、作者がそれをまったく感じさせない筆致で描きあげているのは、それが記憶の問題であることを明確に自覚しているからである。そこにこれまでの次元を超えようとする新しさがあると言っていい。

『ビリジアン』が刊行された直後に書評を書いた（「毎日新聞」二〇一一年五月一日号）。出版社から解説として再掲載したいとの連絡があって、同意した。以下に続くが、気に入っている文章でもあり、いっさい手は入れていない。『ビリジアン』の作者は全体の結構をさらに整えたようだが、それはこれまでに述べたことを鮮明にしているのである。長篇小説とも短篇連作とも言えるだろうが、いずれにせよ、屹立する記憶のその垂直性、独立性を重視している点で、短篇連作もしくは散文詩連作と称すべきものである。そのありようが文学の現在に呼応していることは指摘するまでもない。

*

衝撃的な短篇連作である。

「朝は普通の曇りの日で、白い日ではあったけれど、黄色の日になるとは誰も知らなかった」というのが、冒頭の一篇「黄色の日」の出だしだ。「五年生だったのは確かだけれど、季節もわからない」という。とはいえ異常なことが起こるわけではない。その日、学校であったことが簡潔に語られてゆくだけ。誰もが黄色い黄色いと言い合うほどだったのだが、午後には黄色は急速に消えて、いつもの夕方になる。「あれから、またいつかあんな黄色い日があると思って待っていたけれど、一度もない」というのが結び。

続く「ピーターとジャニス」は「京都の大学を受験した帰り道だから二月だった」というのが書き出し。電車でピーター・ジャクソンという外国人に話しかけられ、友人に「弱損」という日本名を付けてもらったと名刺を見せられ、顔を曇らせる。その顚末《てんまつ》の簡潔な語りが巧《うま》い。電車からバスに乗り換えて、ジャニス・ジョプリンに出会うという展開は、おそらく当時の空想的な心情がそのまま描かれているのだが、描写はきわめて自然。家に帰ってから「雀村」という名を思いついたが、連絡まではしなかった、後年、同名の映画監督を知ったが、全然似ていないというのが結び。

さらに、中学時代、同級生と爆竹に熱中していた頃の話「火花」が続く。「なにしとんじゃ、どこや思とんねん」と怒鳴《どな》る「裸のおっさん」の姿。この展開、短篇連作としてとぼけているとさえ思えるが、そうではない。簡潔に語られる一日の細部がじつに克明で、光景がハイビジョン映像のように鮮やかなのだ。自身の記憶を語るのは幼い頃から小説家志望だった女性、山田解。「十八歳までは目がよかった」と記されているから、細部の克明は意図するところ。その的確さに驚く。人は意外なことを記憶しているのである。

全二十篇のすべてにさりげなく年齢が記されているが、小学、中学、高校すなわちみな熱くて寒くて騒々しい十代の記憶。いわば、日付入り写真の、いやデジタル・ムービーのアルバム。愛子やタキちゃんやひばりちゃんといった級友が登場し、山田解が小児喘息《しょうにぜんそく》で、学級委員をしながらもイジメられ孤立しがちであったことが推測されもするが、それが主題なのではない。主題は懐古ではなく、記憶の不思議さ。人は膨大な記憶に櫛《くし》や鋏《はさみ》を入れて自分の人生という物語を仕上げてゆくが、ここには、物語にされる寸前の記憶が生のままで並べられているのである。

読み進むうちに不思議な酩酊感《めいていかん》に襲われる。記憶のなかの山田解は、それを書いている山田解と一致するようで一致しないのだ。その微妙な隔たりの感覚をこれほどリアルに描いた小説は稀《まれ》だ。最後の一篇は「Ray」すなわち光線。同級生の回す八ミリカメラの被写体になる話である。ここでも「灰色の作業服を着たおっちゃん」に叱《しか》られもするのだが、最後は現像されたフィルムを見る場面で終わる。

「一つコマが進むたびに、わたしはほんの少しずつ、右から左へ動いていた。ほとんど同じで、少しずつ違う場所にいた。左端へいなくなると、また右側から現れて、公園を横切り、左端へ消えていった。三回目にわたしがいなくなると、誰もいない公園だけが映って、それから白い空になった。／わたしは二本のフィルムをポケットに入れ、外へ出た」

記憶の不思議が映像の不思議として語られている。最後の言葉が「小説の外」を暗示するとすれば、この短篇連作は、見る私（現在）と見られる私（過去）の微妙なずれを主題にした八ミリ映画のようなもの。

語り手・山田解の意図を解するには、作者・柴崎友香の仕事が参考になる。『その街の今は』（織田作之助賞・新潮文庫）の主題は写真。主人公は大学時代、授業で大阪の空中写真を見て魅了された。以後、昔の写真を集めるようになる。過去と現在の連続と不連続の不思議に心を奪われたのだ。それを象徴するようにかつて好きだった鷺沼と、いま付き合っている良太郎が登場する。

『寝ても覚めても』（野間文芸新人賞・河出書房新社）の主題も写真。主人公は写真を撮るのが趣味だが、ここでは写真の発展形が映画やテレビになっている。昔の恋人・麦《ばく》が音信不通になった後、不意に映画スター、テレビスターとして再登場する。つまり写真の向こう側、彼岸へと移行した存在になっているのだ。手前には麦に似た存在として登場した現在の恋人・亮平がいる。構図の基本は同じ。その人間がその人間であるとはどういうことなのか。

過去が夢ならば現在もまた夢ではないかと疑ったのは晩年の漱石。時間の不思議を思わせることでは写真も小説も等しい。十代の記憶を克明に描いた山田解の意図は『その街の今は』や『寝ても覚めても』の基盤そのものなのだ。

表題の「ビリジアン」は深緑色の顔料。背景になる大阪の川を思わせるが、より以上に過去の深淵《しんえん》を思わせる。スケールの大きい作家の登場に喜びを禁じえない。

（批評家）

本書は二〇一一年二月、毎日新聞社より単行本として刊行されました。
初出……『本の時間』二〇〇九年四月号～二〇一〇年十二月号

# ビリジアン

二〇一六年 七 月一〇日 初版印刷
二〇一六年 七 月二〇日 初版発行

著 者 柴崎友香《しばさきともか》

発行者 小野寺優
発行所 株式会社河出書房新社
〒一五一−〇〇五一
東京都渋谷区千駄ヶ谷二−三二−二
電話〇三−三四〇四−八六一一（編集）
〇三−三四〇四−一二〇一（営業）
http://www.kawade.co.jp/

ロゴ・表紙デザイン 粟津潔
本文フォーマット 佐々木暁
本文組版 KAWADE DTP WORKS
印刷・製本 中央精版印刷株式会社



Printed in Japan ISBN978-4-309-41464-5

## きょうのできごと

柴崎友香　40711-1

この小さな惑星で、あなたはきょう、誰を想っていますか……。京都の夜に集まった男女が、ある一日に経験した、いくつかの小さな物語。行定勲監督による映画原作、ベストセラー!!

## 青空感傷ツアー

柴崎友香　40766-1

超美人でゴーマンな女ともだちと、彼女に言いなりな私。大阪→トルコ→四国→石垣島。抱腹絶倒、やがてせつない女二人の感傷旅行の行方は？映画「きょうのできごと」原作者の話題作。

## 次の町まで、きみはどんな歌をうたうの？

柴崎友香　40786-9

幻の初期作品が待望の文庫化！　大阪発東京行。友人カップルのドライブに男二人がむりやり便乗。四人それぞれの思いを乗せた旅の行方は？　切なく、歯痒い、心に残るロード・ラブ・ストーリー。

## ショートカット

柴崎友香　40836-1

人を思う気持ちはいつだって距離を越える。離れた場所や時間でも、会いたいと思えば会える。遠く離れた距離で“ショートカット”する恋人たちが体験する日常の“奇跡”を描いた傑作。

## フルタイムライフ

柴崎友香　40935-1

新人ＯＬ喜多川春子。なれない仕事に奮闘中の毎日。季節は移り、やがて周囲も変化し始める。昼休みに時々会う正吉が気になり出した春子の心にも、小さな変化が訪れて……新入社員の十ヶ月を描く傑作長篇。

## また会う日まで

柴崎友香　41041-8

好きなのになぜか会えない人がいる……ＯＬ有麻は二十五歳。あの修学旅行の夜、鳴海くんとの間に流れた特別な感情を、会って確かめたいと突然思いたつ。有麻のせつない一週間の休暇を描く話題作！

## 寝ても覚めても

柴崎友香　41293-1

あの人にそっくりだから恋に落ちたのか？　恋に落ちたからそっくりに見えるのか？　消えた恋人。生き写しの男との恋。そして再会。朝子のめくるめく10年の恋を描いた、話題の野間文芸新人賞受賞作！

## 窓の灯

青山七恵　40866-8

喫茶店で働く私の日課は、向かいの部屋の窓の中を覗くこと。そんな私はやがて夜の街を徘徊するようになり……。『ひとり日和』で芥川賞を受賞した著者のデビュー作／第四十二回文藝賞受賞作。書き下ろし短篇収録！

## ひとり日和

青山七恵　41006-7

二十歳の知寿が居候することになったのは、七十一歳の吟子さんの家。奇妙な同居生活の中、知寿はキオスクで働き、恋をし、吟子さんの恋にあてられ、成長していく。選考委員絶賛の第百三十六回芥川賞受賞作！

## 東京プリズン

赤坂真理　41299-3

16歳のマリが挑む現代の「東京裁判」とは？　少女の目から今もなおこの国に続く『戦後』の正体に迫り、毎日出版文化賞、司馬遼太郎賞受賞。読書界の話題を独占し“文学史的事件”とまで呼ばれた名作！

## みずうみ

いしいしんじ　41049-4

コポリ、コポリ……「みずうみ」の水は月に一度溢れ、そして語りだす、遠く離れた風景や出来事を。『麦ふみクーツェ』『プラネタリウムのふたご』『ポーの話』の三部作を超えて著者が辿り着いた傑作長篇。

## 肝心の子供／眼と太陽

磯﨑憲一郎　41066-1

人間ブッダから始まる三世代を描いた衝撃のデビュー作「肝心の子供」と、芥川賞候補作「眼と太陽」に加え、保坂和志氏との対談を収録。芥川賞作家・磯﨑憲一郎の誕生の瞬間がこの一冊に！

## ノーライフキング

いとうせいこう　40918-4

小学生の間でブームとなっているゲームソフト「ライフキング」。ある日、そのソフトを巡る不思議な噂が子供たちの情報網を流れ始めた。八八年に発表され、社会現象にもなったあの名作が、新装版で今甦る！

## 第七官界彷徨

尾崎翠　40971-9

「人間の第七官にひびくような詩」を書きたいと願う少女・町子。分裂心理や蘚の恋愛を研究する一風変わった兄弟と従兄、そして町子が陥る恋の行方は？　忘れられた作家・尾崎翠再発見の契機となった傑作。

## ブラザー・サン　シスター・ムーン

恩田陸　41150-7

本と映画と音楽……それさえあれば幸せだった奇蹟のような時間。「大学」という特別な空間を初めて著者が描いた、青春小説決定版！　単行本未収録・本編のスピンオフ「糾える縄のごとく」＆特別対談収録。

## 一人の哀しみは世界の終わりに匹敵する

鹿島田真希　41177-4

「天・地・チョコレート」「この世の果てでのキャンプ」「エデンの娼婦」——楽園を追われた子供たちが辿る魂の放浪とは？　津島佑子氏絶賛の奇蹟をめぐる５つの聖なる愚者の物語。

## 冥土めぐり

鹿島田真希　41338-9

裕福だった過去に執着する傲慢な母と弟。彼らから逃れ結婚した奈津子だが、夫が不治の病になってしまう。だがそれは、奇跡のような幸運だった。車椅子の夫とたどる失われた過去への旅を描く芥川賞受賞作。

## 学校の青空

角田光代　40579-7

中学に上がって最初に夢中になったのはカンダをいじめることだった——退屈な日常とおきまりの未来の間で過熱してゆく少女たち。女の子たちの様々なスクール・デイズを描く各紙誌絶賛の話題作！

## 福袋

角田光代　41056-2

私たちはだれも、中身のわからない福袋を持たされて、この世に生まれてくるのかもしれない……人は日常生活のどんな瞬間に、思わず自分の心や人生のブラックボックスを開けてしまうのか？　八つの連作小説集。

## 昨夜のカレー、明日のパン

木皿泉　41426-3

若くして死んだ一樹の嫁と義父は、共に暮らしながらゆるゆるその死を受け入れていく。本屋大賞第２位、ドラマ化された人気夫婦脚本家の言葉が詰まった話題の感動作。書き下ろし短編収録！解説＝重松清。

## そこのみにて光輝く

佐藤泰志　41073-9

にがさと痛みの彼方に生の輝きをみつめつづけながら生き急いだ作家・佐藤泰志がのこした唯一の長篇小説にして代表作。青春の夢と残酷を結晶させた伝説的名作が二十年をへて甦る。

## 空に唄う

白岩玄　41157-6

通夜の最中、新米の坊主の前に現れた、死んだはずの女子大生。自分の目にしか見えない彼女を放っておけない彼は、寺での同居を提案する。だがやがて、彼女に心惹かれて……若き僧侶の成長を描く感動作。

## 野ブタ。をプロデュース

白岩玄　40927-6

舞台は教室。プロデューサーは俺。イジメられっ子は、人気者になれるのか?!　テレビドラマでも話題になった、あの学校青春小説を文庫化。六十八万部の大ベストセラーの第四十一回文藝賞受賞作。

## 引き出しの中のラブレター

新堂冬樹　41089-0

ラジオパーソナリティの真生のもとへ届いた、一通の手紙。それは絶縁し、仲直りをする前に他界した父が彼女に宛てて書いた手紙だった。大ベストセラー『忘れ雪』の著者が贈る、最高の感動作！

## 「悪」と戦う

高橋源一郎　41224-5

少年は、旅立った。サヨウナラ、「世界」——「悪」の手先・ミアちゃんに連れ去られた弟のキイちゃんを救うため、ランちゃんの戦いが、いま、始まる！　単行本未収録小説「魔法学園のリリコ」併録。

## 11　eleven

津原泰水　41284-9

単行本刊行時、各メディアで話題沸騰＆ジャンルを超えた絶賛の声が相次いだ、津原泰水の最高傑作が遂に待望の文庫化！　第２回Twitter文学賞受賞作！

## 枯木灘

中上健次　41339-6

熊野を舞台に繰り広げられる業深き血のサーガ…日本文学に新たな碑を打ち立てた著者初長編にして圧倒的代表作。後日談「覇王の七日」を新規収録。毎日出版文化賞他受賞。解説／柄谷行人・市川真人。

## 祝福

長嶋有　41269-6

女ごころを書いたら、女子以上！　ダメ男を書いたら、日本一‼　長嶋有が贈る、女主人公５人VS男主人公５人の夢の紅白短篇競演。あの代表作のスピンオフやあの名作短篇など、十篇を収録した充実の一冊。

## 夏休み

中村航　40801-9

吉田くんの家出がきっかけで訪れた二組のカップルの危機。僕らのひと夏の旅が辿り着いた場所は——キュートで爽やか、じんわり心にしみる物語。『100回泣くこと』の著者による超人気作。

## リレキショ

中村航　40759-3

“姉さん”に拾われて“半沢良”になった僕。ある日届いた一通の招待状をきっかけに、いつもと少しだけ違う世界がひっそりと動き出す。第三十九回文藝賞受賞作。

## 銃

### 中村文則

41166-8

昨日、私は拳銃を拾った。これ程美しいものを、他に知らない――いま最も注目されている作家・中村文則のデビュー作が装いも新たについに河出文庫で登場！　単行本未収録小説「火」も併録。

## 掏摸《スリ》

### 中村文則

41210-8

天才スリ師に課せられた、あまりに不条理な仕事……失敗すれば、お前を殺す。逃げれば、お前が親しくしている女と子供を殺す。綾野剛氏絶賛！大江賞を受賞し各国で翻訳されたベストセラーが文庫化。

## 隠し事

### 羽田圭介

41437-9

すべての女は男の携帯を見ている。男は…女の携帯を覗いてはいけない！盗み見から生まれた小さな疑いが、さらなる疑いを呼んで行く。話題の芥川賞作家による、家庭内ストーキング小説。

## 黒冷水

### 羽田圭介

40765-4

兄の部屋を偏執的にアサる弟と、執拗に監視・報復する兄。出口を失い暴走する憎悪の「黒冷水」。兄弟間の果てしない確執に終わりはあるのか？当時史上最年少十七歳・第四十回文藝賞受賞作！

## 最後のトリック

### 深水黎一郎

41318-1

ラストに驚愕！　犯人はこの本の《読者全員》！　アイディア料は２億円。スランプ中の作家に、謎の男が「命と引き換えにしても惜しくない」と切実に訴えた、ミステリー界究極のトリックとは⁉

## カツラ美容室別室

### 山崎ナオコーラ

41044-9

こんな感じは、恋の始まりに似ている。しかし、きっと、実際は違う――カツラをかぶった店長・桂孝蔵の美容院で出会った、淳之介とエリの恋と友情、そして様々な人々の交流を描く、各紙誌絶賛の話題作。

## 人のセックスを笑うな

山崎ナオコーラ　40814-9

十九歳のオレと三十九歳のユリ。恋とも愛ともつかぬいとしさが、オレを駆り立てた——「思わず嫉妬したくなる程の才能」と選考委員に絶賛された、せつなさ百パーセントの恋愛小説。第四十一回文藝賞受賞作。映画化。

## 指先からソーダ

山崎ナオコーラ　41035-7

けん玉が上手かったあいつとの別れ、誕生日に自腹で食べた高級寿司体験……朝日新聞の連載で話題になったエッセイのほか「受賞の言葉」や書評も収録。魅力満載！　しゅわっとはじける、初の微炭酸エッセイ集。

## 美女と野球

リリー・フランキー　40762-3

小説、イラスト、写真、マンガ、俳優と、ジャンルを超えて活躍する著者の最高傑作と名高い、コク深くて笑いに満ちた、愛と哀しみのエッセイ集。「とっても思い入れのある本です」——リリー・フランキー

## インストール

綿矢りさ　40758-6

女子高生と小学生が風俗チャットでひともうけ。押入れのコンピューターから覗いたオトナの世界とは?!　史上最年少芥川賞受賞作家のデビュー作、第三十八回文藝賞受賞作。書き下ろし短篇「You can keep it.」併録。

## 蹴りたい背中

綿矢りさ　40841-5

ハツとにな川はクラスの余り者同士。ある日ハツは、オリチャンというモデルのファンである彼の部屋に招待されるが……文学史上の事件となった百二十七万部のベストセラー、史上最年少十九歳での芥川賞受賞作。

## 夢を与える

綿矢りさ　41178-1

その時、私の人生が崩れていく爆音が聞こえた——チャイルドモデルだった美しい少女・夕子。彼女は、母の念願通り大手事務所に入り、ついにブレイクするのだが。夕子の栄光と失墜の果てを描く初の長編。